신비한 동양철학 20

관상오행

송파 정상기 지음

삼한

天圓天極無限圓　地方地極無限方
日月星辰無限易　人間靈魂無限回
天動天生無限生　地定地回無限回
如似無動有動回　如似有動無有動
人間無回有回生　天秋數萬長長生
高貴靈氣有修身　永永長生高貴持
八卦過門臨九靈　大然萬理有此掌
此理傳道存隆厚　餘慶後生繼繼承

松波 鄭 相 基

머리말

　오행상(五行上)으로 삼팔목(三八木)에 속하는 동양의 동북간방에 위치한 우리나라는 대자연학인 역(易)의 문왕팔괘상(文王八卦上)으로는 간(艮)이요, 一양(陽) 二음(陰)이다.

　구궁(九宮)으로는 팔관인(八官印), 후천수(後天數)로는 칠간산(七艮山), 절기상으로는 입춘, 육친궁(六親宮)으로는 소남(小男)으로 깨끗하고 오염되지 않은 어린새싹이란 뜻이다.

　간산(艮山)은 태산이 아니라 정상까지 수목이 우거진 연맥된 산으로, 산야강하(山野江河)가 아름답게 조화를 이룬 삼천리 금수강산이며, 상단에 위치한 백두산 천지는 우리 조상이 탄생한 성역(聖城)이요, 인류의 발생 근원지이다.

　우리 선조는 신선조(神仙祖)로 약 4천년 전에 대자연의 이치학인 역경철학(易經哲學)의 틀을 마련하여, 후손들에게 자연과 더불어 살 수 있도록 전해 주셨다.

　그러나 신선조(神仙祖)의 얼을 망각해 오던 중, 외적들의 침해를 입기 시작해 마침내는 국토의 분단까지 맞게 되었다.

　돌이켜 살펴보면 삼면이 바다로 둘러싸인 우리나라는 마치 귀엽고 선량한 토끼가 용궁에서 허둥지둥 돌아오는 틈을 노려, 외적병마가 항문에 해당되는 부산으로 침입하여 내장을 앗으려는 만행에 36년이

나 시달렸다.

을유년(乙酉年)의 연호는 풀을 쪼아먹는 닭으로, 토끼형체인 우리나라는 묘(卯)이니 묘유충(卯有沖)을 당하고 말았다.

그리고 토끼가 회복되기도 전에 허리를 쇠사슬로 묶여, 상체부위는 북한으로 가죽을 벗겨 붉은 피로 물들여 적화되었으며, 중하단 부위는 물질문명인 신학에만 힘을 기울였다.

정신과 물질이 일치되어야 함은 말할 필요도 없는 것인데, 우리나라만이 아니라 인류 모두가 물질위주의 과학에만 도취되어, 육체는 거대하나 정신빠진 바보처럼 되어가고 있으니, 마치 기사없는 자동차가 전진하는 모양과도 같다.

이와같이 모두가 제 손으로 죽음의 구덩이를 파고 있는 격이니, 신선조(神仙祖)께서 전해주신 정신문명인 천지자연 역리철학(天地自然易理哲學)으로 구제해야만 될 긴급한 시기가 되었다.

그러므로 우리에게 주어진 사명이 참으로 크고 중대하여, 다같이 참여해야 되겠기에 동기유발의 기초작업으로 당돌하게 소견을 밝혀보려 한다.

그러나 막상 필을 들고 보니 중언부언하는 사례와 오자와 탈자 등의 많은 오류를 범하고 있지만 독자들께서 이해해 주길 바란다.

차례

태양을 중심으로 공전하는 모습

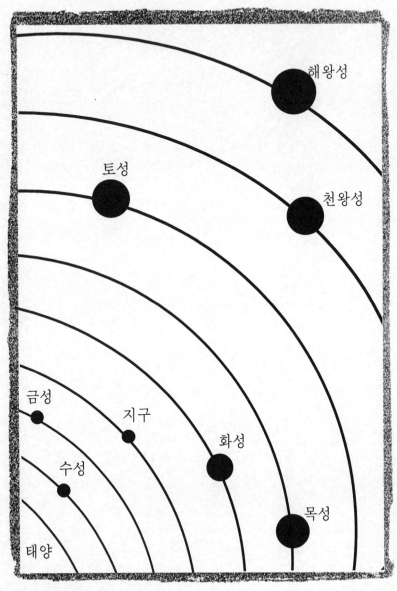

태극도(太極圖)의 구성(九星)

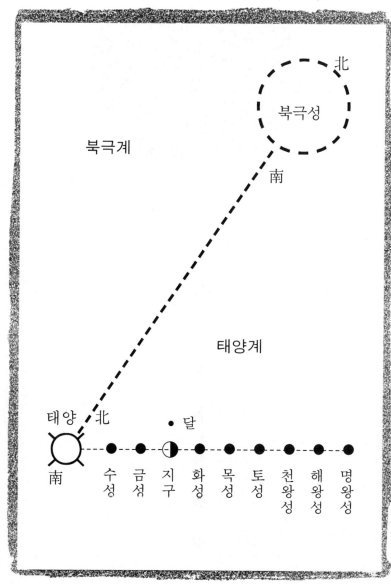

태양계의 구성 (九星)

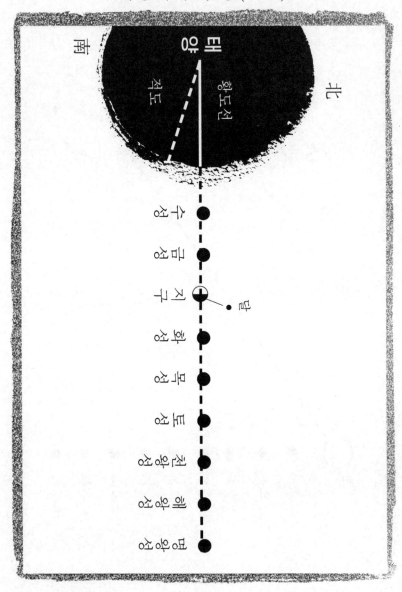

태양계 내의 천간음양(天幹陰陽) 작용

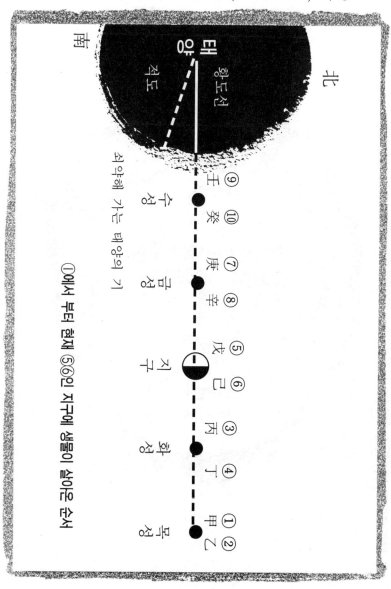

소인형도(小人刑圖)

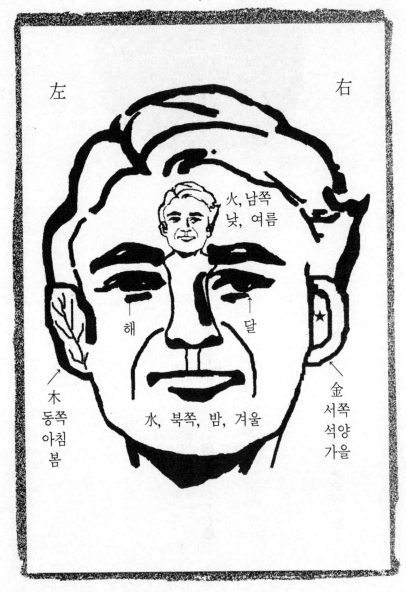

인체오행 (人體五行)의 형태

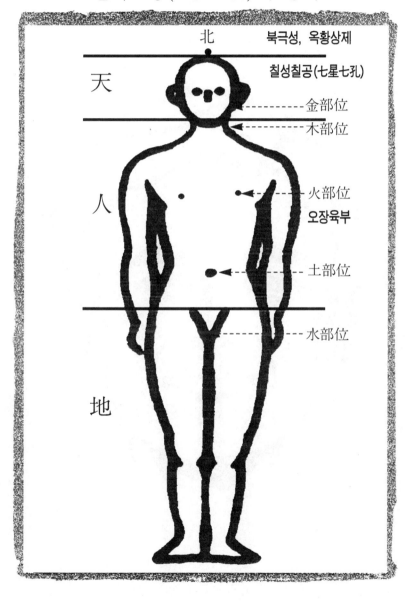

안면오성 오행부위 (顔面五星 五行部位)

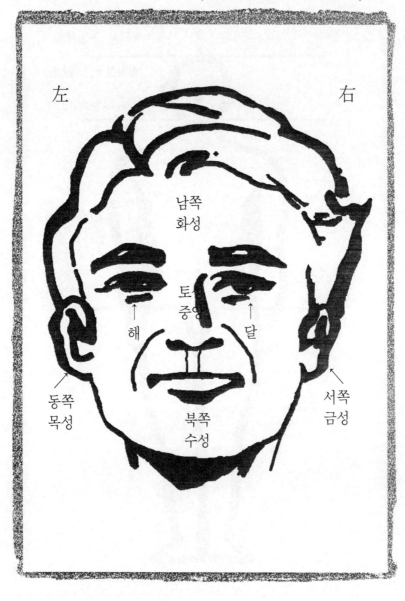

천인지 (天人地)의 삼정 (三亭)

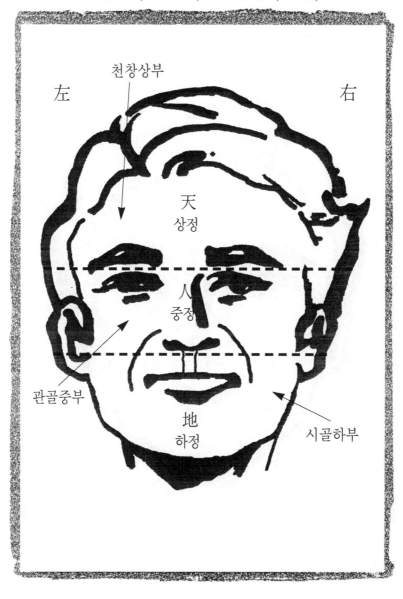

12궁분지도(十二宮分之圖)

구주팔괘간지지도(九州八卦干支之圖)

유년부위 명칭도(流年部位 名稱圖)

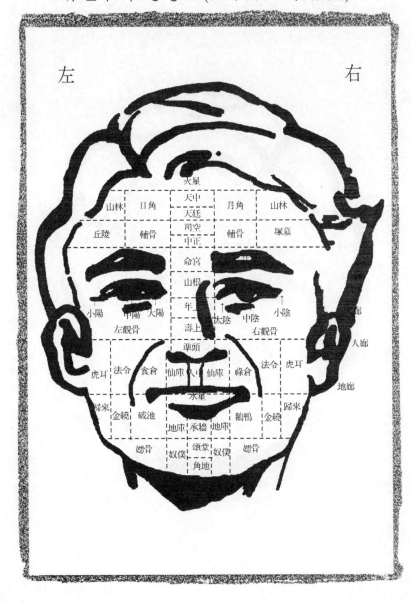

유년부위 명칭도(流年部位 名稱圖)

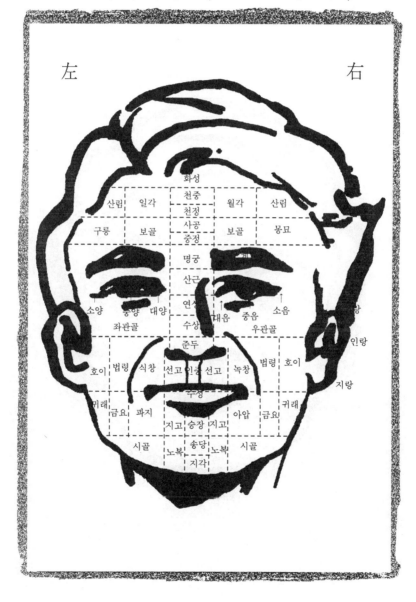

연령부위도

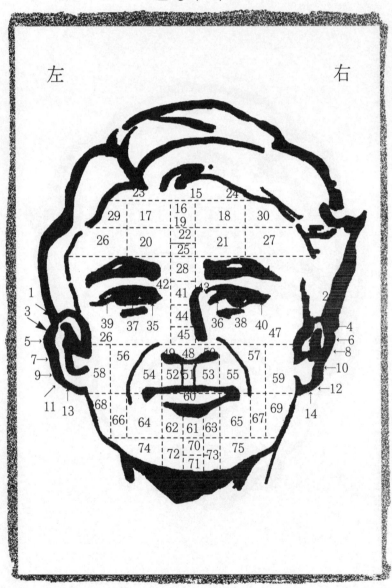

골상(骨相) 부위도

❶모방력 ❷숭고심 ❸자부심 ❹창조력 ❺강은 ❻추리력 ❼조직력 ❽방어력 ❾희망 ❿활동력 ⓫잠재력 ⓬구상력 ⓭경계력 ⓮투쟁력 ⓯성욕 ⓰인내력 ⓱기억 ⓲의욕 ⓳창 ⓴획득력 ㉑지배력 ㉒반항성 ㉓욕구 ㉔지구력

안면오행국(顔面五行局)

화국(火局)
불규칙하다.

목국(木局)
좁고 길다

토국(土局)
상하가 방방하다

금국(金局)
둥글다.

수국(水局)
유난히 크다.

안면오행 (顔面五行) 의 형태

五行	특징	耳	額	目	眉
木	좁고 길다				
火	불규칙하다				
土	상하가 방방				
金	둥글다				
水	특별히 크다				

안면오행(顔面五行)의 형태

五行	특징	鼻	口	法令	턱
木	좁고 길다				
火	불규칙하다				
土	상하가 방방				
金	둥글다				
水	특별히 크다				

제1장.
음양오행 (陰陽五行) 의
기본원리

1. 우리 지구인의 우주관

수천년 전부터 우리 조상들은 음양오행(陰陽五行)에 근원을 둔 천리역경(天理易經)을 성문(成文)하시어 전해주셨다.

그러나 시대를 거듭함에 따라 병행하면서 발전되어야 할 것임에도 불구하고, 근대에 와서는 유감스럽게도 소중함을 망각하고 등한시 하거나 경멸하는 경우가 많다.

그래서 역경철학(易經哲學)을 물려받은 동양의 한사람으로서 귀중한 학리를 보다 심오하게 연구하여, 오늘을 사는 우리 현대인에게 기초적인 기틀을 마련해 주어야 할 의무와 중대성을 느낀다.

더불어 보다 체계적인 역학(易學)이 될 수 있도록 최선을 다하여 연구를 거듭해야 한다고 강조하고 싶다.

시대의 변천과 흐름에 따라 지상, 지역, 위치, 지세 등의 특징과 체계적이고 깊이있는 연구가 되어야 하는 이유는, 역사의 흐름과 환경의 변화가 모두 역(易)의 이치이기 때문이다.

우주와 인간 그리고 다른 물체들은 서로 어떠한 상관관계를 가지고 있는지 이해함으로써 역(易)의 원리를 더욱 쉽게 터득할 수 있게 될 것이다.

태양은 지구를 공전시키는 힘의 주체이며, 태양의 인력이 미치는 범위를 태양계라고 한다.

명왕성, 해왕성, 천왕성, 토성(土星), 목성(木星), 화성(火星), 지구, 금성(金星), 수성(水星)의 구성(九星)이 태양을 중심으로 극(極)의 체(體)를 이루면서 공전하고 있으며, 지구의 위성인 달도 지구를 중심으로 공전하고 있다.

이처럼 지구의 위성인 달이 지구를 중심으로 돌듯, 태양계 내의 구성(九星)도 각각 많고 적고 간에 위성을 소유하고 있고, 그 위성들 또한 모체인 구성(九星)을 중심으로 각각 공전하고 있다.

구성(九星) 중의 하나인 지구의 인력으로 달이 지구를 한바퀴 도는 것을 1개월이라고 한다.

구성(九星)의 모체인 태양도 인력권 내의 별들을 품에 안고 모체인 북극성을 중심으로 공전하고 있다.

이렇게 우주가 생동하고 있는 것을 생각해 볼 때, 대자연의 정기 속에서 움직이는 지구의 표면에 얹히듯이 둘러업혀 사는 인간도 우주의 이치가 축소되어 정확하게 적용되고 있음을 알 수 있다.

한편 우리 인간은 태양계 내의 이웃인 구성(九星) 중에서 가장 가까운 금성(金星), 목성(木星), 수성(水星), 화성(火星), 토성(土星)인 오성(五星)과 각각 깊은 불가분의 관계를 맺고 있다.

우리 인간의 기상을 살펴보면 우선 음양(陰陽)과 삼형(三亨) 및 오행(五行)의 작용으로 분류할 수 있는데, 크게 나누어 음(陰)과 양(陽)이 있고 음(陰)과 양(陽)은 무생물과 생물로 또 다시 분류할 수 있다.

양(陽)에 해당되는 생물은 다시 동물과 식물로 분류되어 음(陰)과 양(陽)으로 구분되며, 동물은 동물대로 식물은 식물대로 각각 계속해서 음(陰)과 양(陽)으로 세분된다.

삼형(三亨)에는 동물에서만도 물 속의 어류, 땅 위의 육지동물, 공중을 날아다니는 조류로 삼형삼정(三亨三亨)이 되어, 음양(陰陽)과 삼형(三亨)은 되풀이 해서 계속 세분된다.

그리고 우주의 사방(四方)인 금(金), 목(木), 수(水), 화(火)의 중심은 지구인 토(土)이고, 다시 사방(四方)과 사상(四象)의 금(金), 목(木), 수(水), 화(火)의 중심이 되는 토(土)는 지구 어디를 가도 있다.

이같은 오행(五行)의 원리는 지구 주위에 있는 별들의 정기가 작용되기 때문이다.

우주의 모든 물체는 서로 엉켜서 각기 체(體)를 형성하게 되는데, 한개의 체(體)를 극(極)이라 했을 때 그 극(極)은 대극(大極)

과 소극(小極), 그리고 양(陽)과 음(陰)으로 분류된다.

우주를 한덩어리로 보았을 때, 한 체(體)를 대극(大極)이라 한다면 태양계는 소극(小極)에 해당되며, 태양계를 대극(大極)으로 보았을 때는 지구가 소극(小極)이 되며, 지구를 대극(大極)으로 보면 땅 위에 있는 모든 만물의 개체가 소극(小極)이 된다.

그래서 태양계를 포함한 북극성의 인력권(引力權) 내의 대극(大極)을 태극(太極)이라고 하며, 북극성을 중심으로 하는 성진(星辰)들이 각각 모체를 중심으로 공전한다.

크게는 원조인 북극성을 중심으로 시계의 톱니바퀴처럼 서로 얼키어 자전의 형태로 공전하고 있는 것이다. 이처럼 우주의 모든 성진(星辰)들은 서로 얽혀 자전과 공전을 하고 있다.

최초로 북극성이 자전할 때 북극성에서 떨어진 불티같은 것이 태양이며, 태양이 자전할 때 조각이 떨어져 나와서 명왕성, 해왕성, 천왕성, 토성(土星), 목성(木星), 화성(火星), 지구, 금성(金星), 수성(水星)의 순으로 구성(九星)이 탄생한 것이다.

또 다시 구성(九星)은 자전의 형태에서 제각기 위성들을 생산하였고, 그 위성들은 모체인 구성(九星)을 중심으로 각각 공전한다.

위성들의 모체인 구성(九星)도 그 모체인 태양을 중심으로 공전하며, 태양은 태양계의 가족과 함께 그의 모체인 북극성의 남극에 매달려 원을 그리며 공전하고 있으니, 우주에 있는 대소극(大小極)의 모든 물체들을 역(易)하는 원동력은 북극성이다.

그래서 북극성을 가리켜 만물창생의 옥황상제(玉皇上帝)라고 하는 것이다.

여기까지를 가리켜 유극(有極) 또는 태극(太極)이라 하고, 그 외 무한대의 천체(天體)와 천계(天界)를 무극(無極)이라고 한다.

태양의 모성(母星)인 북극성도 어느 성진(星辰)을 공전하고 있겠지만, 인간의 지혜가 무극(無極)까지는 미치지 못하고 있다.

2. 우주의 정기로 천체를 닮은 인체

　우주를 하나의 체(體)로 본다면 태극(太極)은 一이다. 一이 역(易)하여 二인 음(陰)이 되었고, 음은 다시 二음이 되었고 또 다시 제三극(極)을 탄생시킨 것이다.

　이런 이치에서 태양의 양기(陽氣)인 아버지와 지구의 음기(陰氣)인 어머니 사이에서 내가 태어났고, 하늘과 땅 사이에서 동물과 식물이 생긴 것이다.

　이들은 다시 무(無)로 돌아갔다가 유(有)로 태어나니, 일년의 나뭇잎에 비유해 보면 음양(陰陽)의 이치를 쉽게 이해할 수 있다.

　무(無)가 유(有)로 유(有)가 무(無)로 음양(陰陽)간에 서로 바뀌는 것을 역(易)이라 하며, 역(易)으로 인하여 제3의 변화가 발생하는 것을 삼재(三才) 또는 삼형(三亨)이라고 한다.

머리와 꼬리가 있으면 몸통이 있듯이, 하늘과 땅 사이에 사람이 있어 삼형(三亨)이 이루어졌다.

하늘에도 북극성의 극(極), 태양의 극(極), 구성(九星)이 각각 사방(四方)에 흩어져 위성들의 극(極)이 널려있는 것을 사태(四態)라고 하며, 이것을 네가지 형상을 들어 사상(四象)이라고 한다.

이렇게 우리 주위에는 사방(四方)과 사태(四態)와 사상(四象)이 있고, 사상(四象)의 중심은 땅으로 현재 내가 서 있는 이 곳으로 크게는 지구이며, 축소하면 땅이고 더 축소하면 전후좌우의 중심이며, 상하의 중심인 내 몸이 된다.

그리고 사상(四象)의 중심은 무기토(戊己土)로 오행(五行)이기 때문에 오행(五行)의 중요성을 터득해야 되는 것이다.

지구는 인간에게 사방(四方)과 사상(四象)의 중심성(中心星)이 되므로 중앙토(中央土)라고도 한다. 다른 성진(星辰)에서 보는 지구는 보잘 것 없는 작은 별에 불과할지 모르지만, 우리 지구인에게는 가장 중요한 무기토성(戊己土星)으로서 중심이 되는 우주관이다.

인간도 자신을 중심으로 부모형제와 더 나아가서는 민족이 있기에, 자기가 바로 무기토(戊己土)인 왕과 같은 존재로 오행(五行)의 중요성을 느껴야 한다.

인체는 하나의 극(極)이고 전후좌우 상하가 각각 음양(陰陽)이 된다.

얼굴의 눈, 코, 귀에도 좌우에 음양(陰陽)이 있고, 팔과 손, 다리
에도 각각 한쌍의 음양(陰陽)이 있다.

머리, 몸, 다리로 삼분(三分)하여 삼정(三亭)이며, 얼굴도 이마,
코, 지각부위로 삼정(三亭)이다. 어깨, 손, 손가락도 삼정(三亭)
이며 다리, 발, 발가락도 삼정(三亭)이다.

또한 사방(四方)에는 항상 사상(四象)이 떠나지 않는다. 몸에는
사지(四肢)가 있고 얼굴에는 눈, 코, 귀, 입의 네가지 기관의 사
태(四態)가 있으며, 전후좌우의 사방(四方)의 사상(四象)을 종합
적으로 통솔하는 중심인 무기토(戊己土)는 오행(五行)이 착실하게
이행되고 있다.

인체에서 하늘을 상징하는 얼굴에는 이목구비의 사상(四象)에 네
개의 기관으로 되어 있는데, 중앙에 있는 코가 무기토(戊己土) 역
할을 맡고 있으며, 인체의 중정(中亭)인 몸통에는 사지(四肢)가
음양(陰陽)과 삼정(三亭)을 갖추어, 손가락 다섯개가 오행(五行)
이 되어 사물의 실무에 임하는 것이다.

하정(下亭)의 사지(四肢) 중에서 다리에도 손과 같이 각각 음양
(陰陽), 삼정(三亭), 오행(五行)이 있어 땅의 사방(四方)이나 오방
(五方)을 행보한다.

또 얼굴에는 일곱개의 구멍이 있어 칠성(七星)의 정기를 흡수하
며, 인체의 중정(中亭)인 몸통의 맨밑에 음양(陰陽)인 두개의 배
설구를 두어, 아홉개의 구멍으로 구성(九星)과 구궁(九宮)을 이루
고 있다.

중정(中亭)인 몸통에 있는 사지(四肢)는 사방(四方)을 뜻하며, 손가락의 오행(五行)과 하정(下亭)인 발가락의 오지(五肢)인 오행(五行)으로서 각각 열개의 십간인 갑(甲), 을(乙), 병(丙), 정(丁), 무(戊), 기(己), 경(庚), 신(辛), 임(壬), 계(癸)를 뜻한다.

손가락 오지(五肢)의 음양(陰陽)인 모지(母肢)를 별도로 천지(天地)로 하여, 손가락 네개로 사상(四象)에 각각 세마디가 있어 하늘, 땅, 사람이 되며, 삼정(三亭)의 三에 사지(四肢)로 12절이 되어 12포태법(十二胞胎法)인 일년의 12개월을 의미한다.

사지(四肢)에 음양(陰陽)이면 팔괘(八卦)가 되며, 천인지(天人地)의 삼정(三亭)에 음양(陰陽)이면 육의(六儀)로 여섯가지 거동이란 뜻이다.

육의(六儀)에 사상(四象)을 곱하면 24토의 등뼈로 일년은 24절후이고 하루는 24시간이며, 삼정(三亭)의 삼천마디의 육의(六儀)인 거동이 지구가 하루에 한번씩 한바퀴 도는 순간에 360도 회전하는 지구의 각이 된다.

삼정(三亭)에 육의(六儀)와 오행(五行)의 오장(五臟)을 합하면 지구가 일년에 태양을 한바퀴 돌아오는 자전의 회전수인 365일이 된다.

사방(四方)의 사상(四象)에 음양(陰陽)을 곱하고, 팔방(八方)에 팔괘(八卦)를 곱하면 64괘(卦)가 되고, 64방향의 형체는 입체적으로는 둥근 물체로 지구상의 표면에 해당되며, 밤송이같은 둥근형체가 된다.

그래서 역(易)에서는 천도지방(天圓地方)이라 하였다. 이것은 하늘을 둥글게 보고 땅을 방(方)이라고 쓴 것이다.

방(方)이란 사방(四方)이 음양(陰陽)이면 팔방(八方)이고, 팔방(八方)에 또 팔방(八方)이면 64로, 앞에서 설명한 것과 같이 밤송이처럼 둥근 것으로 지구도 둥글다는 뜻이다.

인간도 64괘(卦)의 방(方)과 작용이 미치는 범위 내에서 역(易)하고 있기에 우주의 상천(上天), 중천(中天), 하천(下天)에 있는 별의 정기가 몸의 땀구멍으로 들어오는 것을 알게 된다.

이렇게 인체는 작게 보면 하나의 개인에 불과하지만, 거창한 우주의 정기를 모두 간직하였으니 우주와 같은 존재이다.

인상(人相)도 우주로 확대해 보면 차이가 뚜렷하기에 다음의 예를 들어본다.

우주와 비교되는 인체는 하늘로 상징되는 머리를 맨위에 두었으며, 음양(陰陽)의 두 귀를 하늘에 대고 천리(天理)로 통하는 이치를 들으려고 하며, 하늘의 뜻을 궁리하고 두눈으로 일월(日月)을 밝게하여 얼굴색으로 일기를 나타낸다.

그리고 하정(下亭)의 음양(陰陽)인 발로 사방팔방(四方八方)을 두루 누비며 활동하고, 중정(中亭)의 날개에 속하는 음양(陰陽)인 손으로 사물을 창조하는 여유를 가지며, 상단의 머리에서 이치에 맞도록 지휘와 명령을 한다.

이목구비의 구멍인 사상(四象)으로 사방(四方)의 오행(五行) 정

기를 흡수하여, 중앙의 오장(五臟)에 조화시켜 하늘의 기상과 변
화를 얼굴로 나타낸다.

정(情)의 조화로 성기는 남녀 서로 같은 부위에 있어 동등하게
제한없이 즐기고 자녀를 얻어 조화를 이루며 살아가니, 다른 동물
이 따를 수 없는 만물의 영장이다.

3. 음양상교(陰陽相交)와 사상오행(四象五行)

지구가 동(東)과 서(西)로 역(易)하여, 동(東)은 서(西)로 서(西)는 동(東)으로 음(陰)과 양(陽)이 교차되듯이, 우주의 성진(星辰)들도 음양(陰陽)으로 공전과 자전을 하면서 역(易)하고 있다.

이같이 지상의 만물들은 모두 방법과 과정은 다를지라도 각양각색으로 역(易)하고 있음을 알 수 있다.

무(無)에서 유(有)로 유(有)에서 무(無)로 음양(陰陽)이 교차하는 것과, 개체간의 음양(陰陽)이 서로 움직이는 것은 모두 자연의 이치이다.

동(東)과 서(西)는 음양(陰陽)으로, 동(東)은 양(陽)이고 서(西)는 음(陰)이다.

역경상(易經上)의 팔괘(八卦)로는 동(東)은 진(震)이고 서(西)는 태(兌)이다. 진(震)은 절기로는 춘분(春分)이며 육친궁(六親宮)으로는 장남이다.

봄에 나무의 새싹들이 돋아나는 것과, 장남이 위로는 조상을 받들고 아래로는 자녀를 낳아 대를 이어가는 상하의 종적작용(從的作用)을 오행상(五行上)으로는 목(木) 또는 진(震)이라고 한다.

서(西)는 팔괘상(八卦上)으로 태(兌)이고, 태(兌)는 절기로는 추분(秋分)이며 육친궁(六親宮)으로는 소녀이다.

소녀가 성장해 시집을 가거나 곡식과 과일들이 무르익어 수확되는 횡적작용(橫的作用)을 오행상(五行上)으로는 금(金)이라 한다.

진목(震木)인 장성한 남자가 태금(兌金)인 소녀를 만나 씨를 뿌리고 피곤해 하듯, 진(震)인 봄나무가 태(兌)인 가을을 만나 나뭇잎이 서리를 맞으면 낙엽이 된다는 뜻이다.

가을과일에 비유하면 태(兌)는 진(震)인 나무의 혼을 빼서 자기 몸안에 담고 밝은 빛을 발하다가, 드디어 땅으로 떨어져 자기의 몸과 살을 섞어 새봄에 새싹이 트도록 모든 힘을 발휘한다. 하루의 부부생활이나 나무나 인간의 일생회전이 모두 같은 이치이다.

동(東)과 서(西)는 동(東)이 남자이면 서(西)는 깨끗한 소녀로 가을과일과 같다.

다시 말하면 봄나무는 가을에 열매를 맺으려고 애쓰고, 가을나무는 봄의 새싹을 준비하느라 힘쓰는 것과 같이 음(陰)과 양(陽)이 서로 통하는 것이다.

사람의 생김새도 동양인은 봄나무요, 서양인은 가을나무에 비유할 수 있다.

동(東)은 서(西)로 서(西)는 동(東)으로 회전하기에, 봄나무인 동양인은 하루에 한번씩 서쪽의 가을바람을 맞아서 앙상하고 키가 작은 금국인(金局人)이 많은 것이고, 가을나무인 서양인은 하루에 한번씩 따뜻한 봄바람을 맞으니, 키가 크고 눈이 푸르며 코도 높아 봄나무의 특징인 가늘고 긴 목국(木局) 모양을 한 것이다.

북극 근처의 추운지방에 사는 인종은 남쪽의 뜨거운 기운이 필요해, 화기(火氣)만을 흡수해서 얼굴이 붉으며 체온이 따뜻하다.

반대로 적도의 더운지방 인종들은 북쪽의 차가운 수기(水氣)가 필요해 흡수하니, 물(水)색으로 피부가 검고 체온이 낮으며 물에 사는 어류처럼 입술이 두툼하고, 항상 차가운 물을 가까이 하려고 한다.

그래서 북쪽의 극한지방의 에스키모인은 체온이 따뜻하고 얼굴과 머리카락이 붉으면 복이 많은 사람이고, 적도의 더운지방 인종은 피부가 물(水)색으로 검고, 체온이 낮으며 입술이 많이 튀어나올수록 귀인이며 복이 많은 얼굴이라고 할 수 있다.

이들은 기후의 영향을 받아 생활양식이나 생활도구 그리고 정신과 옷차림까지 모두 단조롭지만, 그들보다 춘하추동 사계절이 분명한 동양과 서양의 온대지방은 오행(五行)의 중화가 잘되므로 훨씬 진화가 많이 되었다.

동양과 서양이 서로 통하는 과정을 살펴보면, 서(西)는 음(陰)이어서 상대성 원리에 따라 양(陽)을 좋아하여, 양력을 숭상하고 양적인 물질문명에 힘을 기울여 풍족하다.

반대로 동양은 양(陽)이니 상대인 음(陰)을 즐겨, 음력을 사용하고 음적인 정신문명에 힘쓰는 것이며, 봄나무이니 대를 잇는데 전력하는 것이다.

봄에 과일이 약하듯이 물질면으로는 약하나 교육열은 강하며, 정신문명에 속하는 철학적인 교육과 신선(神仙)의 배출이 많고, 서양은 물질의 과학자가 많은 것이다.

그러나 음(陰)인 무(無)가 양(陽)으로 바뀌고 양(陽)인 유(有)는 무(無)로 바뀌는 원리에서, 서양의 물질위주의 과학은 극도로 발달하여 자칫 잘못되면 자아(自我)의 붕괴를 초래할 우려가 크다.

물론 과학의 발달이 생활을 편리하게 만들었지만, 요즘에 와서는 과학의 발달로 인한 휴유증이 늘어나고 있는 것이 그 예이다. 앞으로도 점점 더 물질에 대한 욕심이 많아지고, 과학이 지나치게 발달해서 해를 입는 사람이 날로 늘어갈 것이다.

일본의 광도현 원자탄 사건만 하더라도 그렇거니와, 앞으로 계속 물욕에만 힘쓰는 과학의 우세로 흐른다면 상상 외의 위험이 있다는 것을 우리는 모두 명심해야 한다.

편한 것만 좋아하고 인심은 각박해져 핵폭탄같은 무기로 서로 위협하는 일이 갈수록 많아질 것은 두말할 필요도 없다. 과학의 연구나 발전이 자칫 착오를 범하여 자신부터 자폭되지 말라는 법이 어디 있겠는가! 하늘의 이치를 어기고 물욕이 팽배해 있으니 우려

되는 바 적지 않다.

「나물먹고 물마시고 팔베고 누웠으니 대장부 이만하면 만족하다.」라는 속담이 있다. 서구문명에 도취된 사람에게는 한심한 소리로 들릴지 모른다.

그러나 탁한 물욕을 버리고 참된 정신으로 천리(天理)를 깨달아 신선(神仙)의 길을 택한 사람이 아니고서야 이런 귀절이 나올 수 없을 것이라고 볼 때, 그는 마음이 부자인 것만은 틀림없다.

석가와 같은 성인은 왕실을 버리고 초근목피로 연명하면서 정신의 소망을 이루었으니, 이것은 물질과 정신의 문명이 대조적으로 다르다는 것을 알려주고 있다.

물질의 욕심이야 비천한 생명이라도 갖을 수 있는 것이지만, 물질에 대한 욕심보다 정신의 부자가 참되고 고귀하다는 것은 누구나 알고 있다.

이런 뜻에서 우리 조상들은 동양에 자리잡고 정신문명을 전해 주신 것이다. 지자(知者)는 보다 많은 이치를 알기 위해 노력하고, 무지한 자는 물질에만 만족하는 것이 아니겠는가!

반복되는 감이 있으나 다시 한번 설명하면 음(陰)은 양(陽)으로 역(易)하고 양(陽)은 음(陰)으로 역(易)하는 것이니, 음(陰)은 무(無)에서 유(有)로, 양(陽)은 유(有)에서 무(無)로 돌아가는 것이 철칙이다. 음(陰)이 먼저 양(陽)이 되며 수양과 지혜를 닦은 음(陰)인 정신은 양(陽)이 될 때 참으로 훌륭한 것이다.

영혼은 낙엽처럼 노화된 신체를 버리고 새것으로 바꾸어 정신의 수양에 따라 행복과 불행을 갖게 된다.

인간은 삼혼(三魂)의 수양 여하에 따라 되풀이 되어, 수십만년을 목성(木星)에서 부터 화성(火星)을 거쳐 지구에 머물렀으며, 몇번이고 되풀이 하며 살고있는 것이다.

우리는 지구에서의 삶이 끝나면 금성(金星)으로 가서 살게 되는데, 수양과 지혜로 신선도(神仙道)에 오르느냐, 현재의 고된 상태로 되풀이 되느냐, 혹은 물질에만 매달려 있다가 지옥으로 추락하느냐 등의 갈래로 나뉘어진다.

이같이 물질과 정신에는 큰 차이가 있다. 오직 정신적인 동양의 철학이야말로 천리(天理)에 순응하며 정신의 부자가 되는 길이다.

그래서 우리는 천리(天理)에 순응하며 덕과 지혜를 쌓는 것을 게을리 해서는 안된다. 물질 욕심이 많은 사람은 결국 불행 속으로 빠진다는 것을 인식해야 한다.

천리(天理)에 순응해 천도(天道)를 통한 자는 역량에 따라 극락에서 신선(神仙)으로 지내게 된다.

중인(中人)은 사람으로 환생하게 되며, 덕과 지혜를 많이 쌓으면 지상(地上)의 복된 인간이 될 것이다.

그리고 덕과 지혜가 약한 사람은 평범한 인간이 되고, 더 못하면 빈천한 사람이 되는 것이다. 현세에 무지하고 죄를 많이 지은 사람은 짐승이나 하잘것 없는 생명으로 다시 태어난다.

이러한 것은 크게는 삼정(三亭)으로 분류되는데, 이는 천인지(天

人地)의 삼정(三亭)과 삼재(三才)가 있기에 이와같이 천리(天理)
대로 된다.

사람과 동물 그리고 여러가지 생명체는 머리, 몸통, 다리 또는
꼬리로 삼분되는데, 인간의 머리는 천(天)이고 몸통은 인(人)이
며, 다리는 지(地)가 된다.

하늘인 머리를 써서 천도(天道)를 이해하고 순응하는 자는 상향
(上向)할 것이며, 덕과 양심을 지킨 자는 인도환생에 복된 자가
될 것이며, 부덕한 자는 천인이 되고, 죄를 많이 지은 자는 빈천
한 생명으로 추락하여 환생할 것이다.

예를 들어 이성관계가 난잡했던 사람은 성(性)의 제한을 받는 동
물로 환생하는 죄를 받는다. 이와같이 가면 오고 오면 가는 것이
천리(天理)의 법칙이다.

하늘을 자유롭게 날 수 있는 새는 하늘이 둥글게 보이므로 얼굴
의 윗부분인 이마가 둥글게 발달되었으며, 물 속에 사는 어류는
얼굴 아랫부분인 구각(口角) 부위가 발달되었다.

그리고 어류는 발달되지 못한 윗부분에 신경을 많이 쓰게 되어
눈치가 빠른 것이며, 조류는 발달한 이마의 상대인 약한 구각(口
角) 부위에 신경을 써서 딱딱한 부리로 노래를 부르게 된 것이다.
그대신 눈치가 빠르고 입이 발달한 어류는 소리를 내지 못한다.

동양인은 서양의 물질과학을 동경하고 서양인은 동양의 정신문명
을 동경하기 때문에 동양인은 서양을 여행하고 싶어하며, 서양인

은 동양의 정신문명의 참된 가치에 매력을 느껴, 종교에 투신하거나 자선사업을 하면서 동양의 정신문명에 따르며, 동양의 여행을 갈망한다.

북쪽의 추운지방에 사는 사람들은 따뜻한 남쪽지방으로 가고 싶어 하고, 남쪽의 더운지방 사람들은 북쪽의 하늘에서 백설이 꽃잎처럼 내리는 광경의 이야기나 영화를 보면 몹시 동경하게 된다.

이렇게 모든 것은 음(陰)과 양(陽)이 서로 교차된다. 동서와 남북은 모두 음양(陰陽)이며 사상(四象)이요, 사상(四象)을 중화하는 것이 오행(五行)이다.

대성인들의 예를 들어보면 다음과 같다.

봄에 태어난 석가는 춘목(春木)의 상대인 추금성(秋金星)의 정기를 받아 의성(義性)을 설법했다. 금왕절(金旺節)인 가을은 과일과 곡식 등 그 외의 모든 것이 둥실 둥실 속이 꽉차있기에 의로운 덕을 주간한 것이다.

석가는 왕가에서 태어나 눈 앞에 있는 왕권을 미련없이 버리고 수도의 길에 나서 초근목피로 연명하며, 대성불(大成佛)하여 현세보다 내세를 위한 설법을 했으며, 미미한 곤충의 생명까지도 소중히 여기는 자비를 베풀며 만민평등의 정신을 강조했다.

사구금(四九金)은 가을로 모든 것이 풍성하니 자신의 재산을 챙기지 않았고, 낙엽의 계절이라 머리를 삭발하고, 금은 둥근 것이니 허리를 굽혀 절을 자주하게 된 것이다.

나무는 잎이 지고 열매가 주렁 주렁 열리고, 밤하늘에는 성진(星辰)들이 가득하니, 마음을 비우고 염주를 목과 손에 걸고 성진(星辰)들 사이를 오가며 지혜를 짜서 천리(天理)를 깨달았다.

마음에서 물욕이 점점 없어지고 성불하면, 새 아침 새 세상이 열려 대성의 삶을 누릴 수 있을 것이다.

금성(金星)의 정기는 사구금(四九金)이니 4천년이 성왕기이며, 9백년이 쇠퇴기이다. 수도자는 9명 중에서 4명이 진(眞)이 된다.

가을에 태어난 공자는 금(金)의 상대인 목성(木星)의 정기를 받아 인성(仁性)을 설법했다.

삼팔목(三八木)은 종적으로는 상하삼단(上下三壇)으로 나무의 뿌리, 줄기, 가지에 비유하면 뿌리는 조상이고 줄기는 나(我)이며 가지는 자손이 된다.

위로는 어른을 공경하고 동기간에는 우애가 있으며, 아랫사람을 사랑하면서 나무가 곧게 솟아오르듯 상하로 대를 이어 바르게 발전해 가는 것이다.

삼팔목(三八木)의 三으로 삼강(三綱)을, 八의 팔방팔괘(八方八卦)로 오륜오행(五倫五行)을 강조했으며, 인의예지신(仁義禮智信)으로 현세의 바르고 큰 길을 닦았다.

봄은 물질이 약하니 정신적이 면에 치중한 것이고, 춘목(春木)은 잎이 무성하니 머리를 기르고 두루마기를 걸쳤으며, 삼각관을 쓰고 옷고름을 길게 늘어뜨리고 팔자걸음을 걸으며, 바르고 큰 길을 당당하게 걷는 길이 군자의 길이라고 설법했다.

삼팔목(三八木)이니 3천년이 성왕기이며, 8백년이 쇠퇴기이다. 선비는 8명 중 3명이 진(眞)이 된다.

수왕절(水旺節)인 동지(冬至)에 태어난 예수는 수(水)의 상대인 화성(火星)의 정기를 받아 예성(禮性)의 정열과 사랑을 설법했다.

여름은 너무 무더워 옷을 벗기 좋아하고 불쾌지수가 높아 싸움이 잦으니 원수를 사랑하라, 예의를 갖추어라, 필요에 의해 행동하라 하고 설법한 것이며, 더운 여름이라 교회를 바람이 잘 통하는 언덕위에 높이 짓게 되었다.

화성(火星)의 정기는 정오에서 일몰을 지나 자정까지이니, 이미 살아온 오전에 잘못된 것이 있으면 회계하고 지금부터라도 사랑과 예로써 생활하면, 주님께서 천당의 문을 열어 인도하실 것이니 잘 믿고 따르라고 한 것이다.

불은 땔감만 있으면 잘 번지는 성질이 있기 때문에 포교활동도 활발한 것이다. 이같은 이치로 제자리를 지키는 목성(木星)의 유교(儒敎)도 목생화(木生火)로 불(火)인 기독교가 유교를 불살라 망가뜨리고 있다.

이칠화(二七火)의 二는 너와 나 사이이니 사랑이요, 七은 칠성(七星)이니 천당이다.

화성(火星)의 정기는 2천년이 성왕기요, 7백년이 쇠퇴기이다. 신자 7명 중 2명이 진(眞)이 된다.

4천여년 전 지구가 고온기일 때 태어난 신선조(神仙粗)들께서는 화기(火氣)의 상대인 수성(水星), 해왕성, 북극성의 차가운 정기를 받았다.

그래서 지성(智性)으로 문자와 천리역경학(天理易經學)을 완성하여, 후손에게 잘 읽고 지혜를 얻어 천리에 조화를 이루며 번창하기를 원하는 마음으로 전해준 것이다.

일육수(一六水)의 一은 천록(天祿)이고 六은 육신(六神)으로, 1천년이 성왕기이고 6백년이 쇠퇴기인데 이미 지나갔다. 도를 닦는 사람은 6명 중에서 1명이 진(眞)이 된다.

천리(天理)는 지구의 최초 시대인 고온기에 짐승과 괴물들이 판을 치는 암흑시대에, 인간을 존속시키기 위해 북극성, 해왕성, 수성(水星)의 정기로 신선조를 탄생시켰다.

요순시대가 지나고 춘추전국시대를 겪으며, 춘목(春木)의 정기로 공자를 탄생시켜 구세하였고, 희랍평화시대가 끝나고 로마의 소요시대에 화성(火星)의 정기로 예수를 탄생시켜 구세하였고, 선불(先佛)시대가 끝나고 아수라의 혼란기에 금성(金星)의 정기로 석가를 탄생시켜 구세하였으니, 이 모두가 천리순차(天理順次)를 짐작하게 하는 것이다.

대개 사상(四象)의 구세주가 네 기둥으로 호위하니, 중심이 되는 중앙 무기토(戊己土)인 신(信)은 지구이고 자신인 나(我)이다.

동(東)의 목(木), 서(西)의 금(金), 남(南)의 화(火), 북(北)의

수(水)의 사상(四象)은 지구에 흙이 있어야 함으로, 무기토(戊己土)가 신(信)이며 사상(四象)의 중심이 오행(五行)이 된다.

우주를 태양계로, 지구로 , 국가로, 가정으로, 인체로 계속 축소해 보면 얼굴의 코가 된다. 얼굴의 무기토(戊己土)인 코가 우선 숨을 쉬어야 살 것이요, 신체의 중앙 무기토(戊己土)인 위장에 영양을 저장해야 각 기관에 골고루 공급해 줄 것이다.

따라서 인체를 확대하면 가정, 더 확대하면 사회나 국가, 더 확대하면 지구, 더 확대하면 태양계이니 태극(太極)과 무극(無極)이 되는 것이다.

그래서 인체를 소우주라 하여, 전후 음양(陰陽)에 좌우 음양(陰陽)이면 사상(四象)이 되고, 전후좌우를 주간하는 것이 나(我)이니, 내가 있어야 전후좌후도 있어서 중앙 무기토(戊己土)는 사상(四象)의 주인인 오행(五行)이 된다.

사상오행도(四象五行圖)

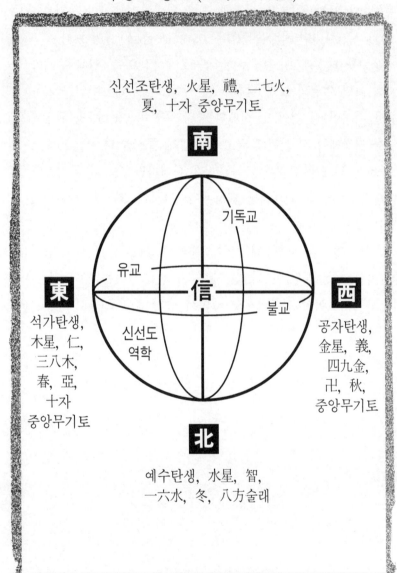

신선조탄생, 火星, 禮, 二七火,
夏, 十자 중앙무기토

南

기독교

유교

東

석가탄생,
木星, 仁,
三八木,
春, 亞,
十자
중앙무기토

信

불교

신선도
역학

西

공자탄생,
金星, 義,
四九金,
卍, 秋,
중앙무기토

北

예수탄생, 水星, 智,
一六水, 冬, 八方술래

제 II 장.
인체오행 (人體五行)

소인형도(小人刑圖)

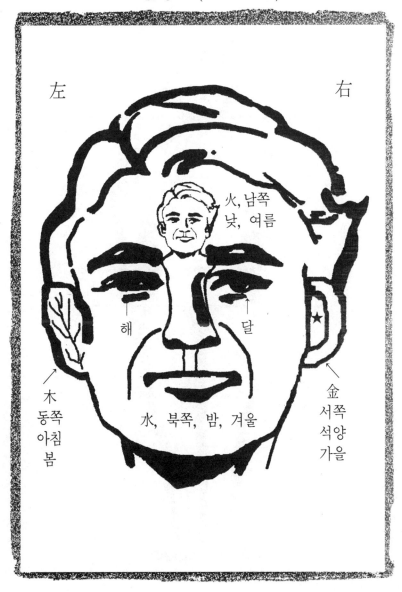

인체오행 (人體五行)의 형태

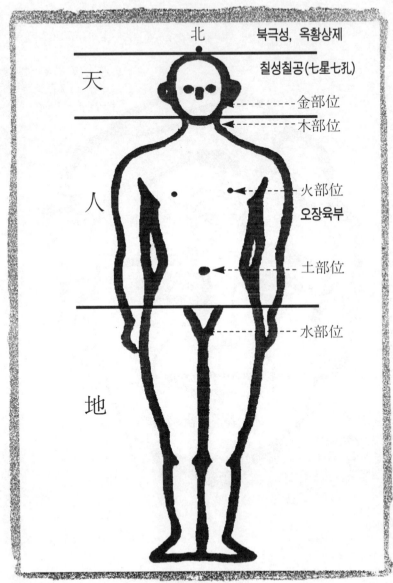

北 북극성, 옥황상제

天 칠성칠공(七星七孔)

金部位

木部位

人 火部位

오장육부

土部位

水部位

地

1. 인체오행(人體五行)의 구조와 대강

　인체는 소우주(小宇宙)로 우주의 성진(星辰)들과의 관계를 비교해 보면, 몸은 지구이고 얼굴의 이목구비는 칠성(七星)이며, 팔다리는 사방(四方)에 있는 성진(星辰)들의 음양(陰陽)으로 적용할 수 있다.

　중정(中亭)의 좌우에 붙어있는 두 팔은 음양(陰陽)으로 세마디가 삼정(三亭)이 되며, 다섯개의 손가락은 오행(五行)이 된다.

　하정(下亭)의 다리도 음양(陰陽)으로 각각 삼절삼정(三節三亭)이고, 발가락 다섯개는 오행(五行)이 된다.

　인체는 지구와 같아 지구에 오행(五行)과 육의(六儀)가 있듯이 복부가 중심이 되어 오장육부(五臟六腑)가 있다.

　오장(五臟)을 오행(五行)으로 구분해 보면 간(肝)이 왼쪽이니

목성(木星), 폐(肺)가 오른쪽이니 금성(金星), 심장이 태양과 화
성(火星), 중앙에 있는 위장이 지구, 신장을 수성(水星)으로 비유
해서 구분한다.

　사지(四肢)인 사방(四方)의 네개의 형상을 들어 사상(四象)이라
하니, 사지(四肢)에도 각각 음양(陰陽)과 삼정(三亭)및 오행(五
行)이 있어 모두 같은 이치이다.

　몸통과 사지(四肢)는 이같이 긴밀하여 동양의 한방침술도 이런
이치에서 오장(五臟)으로 연결되어 신통한 효험을 볼 수 있는 것
이다.

　인체의 축소판인 얼굴을 우주에 비교해 본다면, 중앙에 있는 코
가 지구가 되며 왼쪽 눈이 태양이고 오른쪽 눈이 달이 된다.

　동쪽의 목성(木星)이 새벽에 떠오르듯 왼쪽 귀를 목성(木星)이라
하며, 서쪽의 금성(金星)이 저녁을 재촉하듯 아래에 있는 북방인
입이 물기를 적신다.

　코부위인 지구의 남쪽에 화기(火氣)기 서려 태양광선에 화성(火
星)의 형체는 보이지 않으나 정기가 서려 있다.

　이목구비(耳目口鼻) 중에서 코는 한몸에 두개의 구멍으로 음양
(陰陽)을 이루고 있으니, 구성(九星) 중에서는 지구와 토성(土星)
이 된다.

　지구가 자전하며 동쪽과 서쪽이 서로 공기를 교차하듯이 코도 두
개의 구멍으로 호흡을 한다. 만일 지구가 교차하지 못하고 중지된

다면 인간이 코로 숨을 못쉬는 거나 마찬가지이므로 코는 매우 중요한 급소기관이다.

코를 지구에 비유하면 육지의 아래에 바다가 있고, 산 아래에 계곡이 있듯이 코 아래에 인중이 있고, 계곡을 지나면 호수가 있듯이 그 아래에 입이 있다.

구각(口角)은 방각으로는 북쪽, 하루로는 밤, 지구상으로는 바다에 비유할 수 있고, 우주의 성진(星辰)으로는 수성(水星), 해왕성, 북극성을 상징한다.

지구의 표면은 70%가 바다이며 물이 삼신작용(三神作用)을 일으켜, 태양계 내에서는 수성(水星)과 해왕성이 두개의 수성(水星)이고, 얼굴에서는 지구에 해당하는 코에 구멍이 두개 있고, 몸에도 항문과 성기인 두개의 배설구가 있다.

수성(水星)과 해왕성을 얼굴에 비유하면 두개의 콧구멍이며, 제일 아래쪽에 있으면서 북쪽이 되는 입은 태양계를 통솔하는 북극성이 된다.

북극성은 지구에서 보면 희미한 음성으로 보이지만 지구의 모체인 태양보다도 수억만배 크고 밝은 항성으로 양성(陽星)이다. 다만 지구에서 가장 멀리있기 때문에 음(陰)으로 적용되는 것이다.

북극성은 우주를 움직이는 원동력이 되고 만물을 창생하는 정기와 위력을 만든다. 지구의 모체인 태양을 중심으로 공전과 자전을 하는 지구의 북극을 북극성에 일직선으로 하여, 북극성의 정기가 지상에 만물을 창생시키는 근본적인 정기이다.

태양의 기(氣)인 아버지와 지구의 기(氣)인 어머니의 음양(陰陽)을 합한 二란 숫자의 음(陰)은, 음사(淫事)를 했을 뿐이지 인간을 만드는 것이 아니다.

양성(陽星)인 북극성의 정기가 정사(精射)되어 음사(淫事)에 제3의 양(陽)인 극(極)을 포태(胞胎)시켜 주는 것이다.

이런 이치에서 지구의 북극이 북극성의 정기를 받아 만물이 창생되며, 제1성인 북극성이 창조주가 되기에 옥황상제(玉皇上帝)라고 부른다.

모든 일이 하나에서 시작되듯이 숫자에서도 一을 만물창생이라 하며, 二를 분리의 숫자라 하여 어머니가 자녀를 출산하는 것처럼 하나의 몸이 두개로 분리하는 것으로 본다.

그리고 三은 동방생기(東方生氣)의 조화로 천인지(天人地)의 기(氣)를 받아 봄나무가 뿌리, 줄기, 가지의 삼단삼정(三壇三亭)으로 비유되니 양생(養生)의 숫자라고 한다.

이러한 자연의 이치로 숫자도 생겼으며 길(吉)과 흉(凶)도 있는 것이다.

그런 뜻에서 구각(口角)인 입이 부모의 하체에 해당되고, 입과 하체의 성기는 연결상태에 있기 때문에 입을 천진난만한 어린시절의 하늘의 성(性)이라고 할 수 있다.

입을 통해 지구의 어머니 역할을 하는 위장에 음식물을 저장하여 각 기관에 에너지 공급을 하며, 부패물인 찌꺼기는 두갈래로 분류하여 두개의 배출구로 배설한다.

그리고 배출구는 지상(地上)에 산과 강이 있고 물고기가 오르듯, 후손을 낳는 성(性)으로 작용해 성기로도 겸용하고 있다.

즉 하늘의 천록(天祿)에 해당하는 입이 하체의 음양(陰陽) 사이에 있는 배설구나 성기로도 겸하는 음부와 통하는 것이다.

그래서 북극성을 입이라고 한다면 지상(地上)에서는 북극의 정기는 물이다. 모든 생물은 물이 있어야 살 수 있고 자녀도 포태(胞胎)할 수 있다.

천상(天上)의 북극 정기가 지구에 비치어 하체의 배설구인 성기까지 연결되고 있는 것이다. 이렇게 보면 우리가 살고 있는 지구는 어머니의 몸과 같다고 할 수 있다.

오성(五星)의 정기를 받아 몸안에 오장(五臟)과 육부(六腑)가 있고, 지구를 음(陰)이라고 하면 어머니의 몸도 음(陰)이니 태아도 9개월인 275일을 지구와 같은 어머니 체내에서 오성(五星)의 정기로 편안하게 자라다가 나오는 것이다.

지구를 어머니의 몸으로 비유하면 어머니 자궁같은 북극을 통하여 들어가면 참으로 보람된 삶의 터전이 있다. 무기토(戊己土)인 별유천지의 내계(內界)는 왕궁같은 낙원이다.

지구의 표면인 외계(外界) 즉, 우리가 살고 있는 땅에서 수양을 통해 선덕을 많이 쌓았거나 지성으로 천리(天理)에 순응하여 도(道)를 통하면 세상을 마치고 심사를 거쳐 신선(神仙)이 되어 낙원에서 걱정없이 즐거운 나날을 보내게 된다.

 그러나 한도가 차면 탁한 물이 가라앉듯이, 남극의 배설구로 내려가 다시 지구상에서 인간으로 태어나 거센 세파에서 시달리게 된다.
 누구나 죽으면 7·7의 49일간에 북(北)의 정기로 엄격한 심사를 거쳐, 50일에 인체의 간(肝)에서 올라간 삼혼(三魂)은 또 다시 지구로 반송되어 어딘가에 포태(胞胎)된다.

 인체를 지구에 비교해 보면 상하좌우의 중심이 되는 몸통을 무기토(戊己土)라 하여, 선각자들은 중용의 도를 지키라고 한 것이다. 다시 말하면 나의 중심을 굳게 믿고 지켜야 한다는 것이다.
 모든 종교의 중심은 무기토(戊己土)이다. 기독교도 십(十)자가 중심이고, 유교의 버금아(亞)자도 십(十)자가 중심이고, 불교의 불서만(卍)자의 중심도 십(十)자이다.
 신선의 천리(天理)의 핵인 극(極)의 중심과 사방의 중심인 오행(五行)도 원리와 진리는 모두 같다.
 보다 크게는 지구의 중핵인 무기중앙(戊己中央)이 중심이 된다. 이 곳이 지구의 내계(內界)이고, 우리가 살고 있는 곳은 지구표면인 지상(地上)이다.
 우리가 어머니 뱃속에서 있었던 일을 모르듯이 낙원에 다녀왔으나 기억하지 못하는 것 뿐이다. 누구나 곱고 아름다운 마음을 간직하고 있는 것이 증거이다. 양심의 가책없이 열심히 산다면 또 다시 낙원에 가는 것은 틀림없을 것이다.

2. 한국인의 환경적 특징과 인상연구

　아시아의 동북간방에 위치한 우리나라는 춘하추동의 사계절이 분명하고 삼면이 바다로 이루어져 한면만이 대륙에 연접되어 있는 간위(艮位) 28에 속하는 아름다운 금수강산이다.

　간(艮)이란 짤막짤막한 산이 이어지면서 끝이 있고 또 다시 솟아, 관을 쓰고 옷을 갈아입은 모양으로 계절로는 입춘(立春)이라는 뜻이다.

　북으로 백두산 남으로는 한라산이 있다. 백두산 천록(天祿)의 천지에서는 한줄기는 압록강, 또 한줄기는 두만강이 음양(陰陽)으로 쇄우에 구비쳐 청룡과 황룡이 물따라 조공한다.

　천록(天祿)의 백두산에 우리 조상이신 신선(神仙)이 내리시어, 삼형(三亨)으로 삼해(三海) 용왕의 조공을 받아 삼천리를 팔도영역

구획하고 십이지지(十二地支)로 나누었다.

그리고 오행(五行)으로 5대 산맥에 힘을 주고, 6대 강에 육갑(六甲)으로 혈맥을 터서 생기를 불어넣어 별유천지를 마련하여, 후손에게 신선(神仙)의 정신을 이어받아 천리(天理)에 순응하며 자연을 가꾸면서 살도록 마련해 주셨다.

단일혈통으로 이어가는 우리나라는 비산비야(非山非野)의 자유로운 생활터전으로 산과 들이 밀접하여 동물과 인간이 가깝게 살아간다.

이러한 독특한 지형지세(地型地勢)의 환경으로 우리만이 소유한 특이한 환경에 맞춰 인상(人相)의 연구에도 조화가 필요하다.

중국의 철학으로 사람을 관형해 보면, 겉보기에는 좋은 관상으로 보이나 실은 그렇지 못한 사람이 있는가 하면, 별로 좋은 관상이 아닌데도 부귀스럽게 사는 사람이 있다.

예를 들어 상정(上亭)부위가 잘생겨 보이나 허망하고, 턱이 약해 보이면서도 하정(下亭)에서 잘 산다던가 하는 수가 왕왕 있어 관상법 연구에 흥미를 잃는 경우가 있다.

이는 환경적 특징을 소홀히 다뤘기 때문이며, 중국의 대륙인을 근본으로 연구한 상법만을 익혀온 까닭으로, 우리나라의 간산(艮山)지방인 건(乾), 감(坎), 간(艮), 진(震), 손(巽), 리(籬), 곤(坤), 태(兌)의 팔방(八方)별 특징이 각각 다르다는 것을 고려해야 한다.

우리나라에서는 간(艮)이 절기로는 입춘(立春)이고 방각으로는

동북간방에 해당되어, 겨울이 끝나고 새봄이 다가오는 입춘(立春)
이니 새싹이 움트기 시작한 희망찬 붕아작용(崩芽作用)의 시기를
뜻한다.

 이를 자연에 비유하면 새싹은 산과 같은 것으로 큰 산이 아니고
공원같은 산이라는 뜻이다. 산골짜기에 얼어붙었던 얼음이 녹아
흘러내리는 시절을 연상할 수 있을 것이다.

 작은 산간에는 물이 흐르고 산과 들이 모두 가까이 있어 마치 아
름다운 공원같아, 조금 가면 산이고 조금 넘으면 강이니 마치 산
에서 사는 동물과 강에서 사는 물고기와 들에서 사는 사람이 한집
안 같으니, 얼굴의 모양도 물형에 닮은 비율이 다른 곳보다 높다.

 또한 오목오목한 지형지세(地型地勢)로 오행(五行)이 잘 이루어
져 있고, 특이한 조화를 이루고 있어서 인상연구에도 오행(五行)
의 특징을 잘 파악하고 익혀야 정확하고 순조롭게 풀 수 있다.

제 Ⅲ 장.
안면오행 (顔面五行)

1. 안면의 각 부위별 오행구조

인체의 모든 구멍은 본부위(本部位)인 몸통이 다른 성진(星辰)의 정기를 받아들이기 위해서 있는 것으로 왼쪽 귀는 목성(木星), 오른쪽 귀는 금성(金星), 왼쪽 눈은 태양, 오른쪽 눈은 달, 두개의 코는 지구와 토성(土星), 입은 북극성과 해왕성과 수성(水星)의 정기를 받아들인다.

이렇게 오성(五星)의 정기를 받아들여 오장육부를 활동하게 하는 중요한 기관이므로 항상 청결하게 해야 한다.

1. 이부위(耳部位)

이부위(耳部位)는 귀를 중심으로 관골(觀骨)인 뺨까지를 말한다.

좌이(左耳)는 동방(東方)이며 오행상(五行上)으로는 목(木)이고, 양(陽)으로 남자의 본부위(本部位)이다. 우이(右耳)는 서방(西方)이며 금(金)이고, 음(陰)으로 여자의 본부위(本部位)이다.

총본부위(本部位)인 코를 중심으로 좌우 양쪽에 남자와 여자가 배치되어 좌이(左耳) 7세, 우이(右耳) 7세를 합하면 14로 만14세가 되면 남녀 다같이 성(性)을 알게 되는 시기이다.

만14세 이상이면 이성을 안다는 뜻으로 옛말에도 남녀칠세 부동석이라는 말이 있다. 성(性)을 알게되면 중앙의 비부위(鼻部位)에서 이성의 두사람이 부부가 되어 가정을 꾸미게 된다.

또한 이부위(耳部位)로는 신체가 튼튼한지 빈약한지를 알 수 있고, 수명의 장단을 본다.

좌이(左耳)는 동방목(東方木)이며 진(震)인 양(陽)으로 남자의 어린시절의 생가(生家)와 같고, 우이(右耳)는 서방금(西方金)의 태(兌)인 음(陰)으로 여자의 생가(生家)와 같으니, 과거의 소식을 듣는다는 뜻에서 수신기라고 한다.

좌이(左耳)는 진궁(震宮)이요, 우이(右耳)는 태궁(兌宮)이다. 진(震)은 장남이고 목(木)이니, 나무의 삼정(三停)처럼 부모와 나(我)와 자녀의 삼정삼대(三停三代)를 이어가는 것이 본성이므로, 뿌리를 깊이 박고 지엽(枝葉)을 키워 상승하는 것이 원래의 성질이다.

동(東)에서 남(南)을 향하여 전진하니 나무에 불이 붙으면 위로 타오르는 본성이 있어 혼이 불꽃처럼 상승하는 것이고, 인체의 오장(五臟) 중에서는 간(肝)에 해당되며 삼혼(三魂)의 신경을 장악하고 있다.

그래서 나무가 서리를 맞으면 혼이 발산되는 것처럼 사람도 죽으면 혼은 미리 발산되어 버린다. 이런 뜻에서 진(震)은 상승을 뜻하며, 마치 시집을 간 딸이 잘있다고 소식을 보내는 것과 같아 송신기에 해당된다.

우이서금(右耳西金)은 음(陰)이며 여자의 유년시절의 집인 친정으로, 시집 간 딸의 소식을 듣고 싶어하는 것과 같아 수신기라고 한다.

서방태궁(西方兌宮)은 소녀의 본부위(本部位)를 뜻하며 태(兌)는 금(金)이니 가을의 과일에 비교할 수 있다. 과일은 낮은 곳만 있으면 아래로 굴러가려는 성질이 있어서 칠백(七魄)이라고 한다.

태(兌)는 폐(肺)에 해당되며 뼈를 장악하고 있다. 사람이 죽으면 뼈와 혼백상자는 지하에 묻고 삼혼(三魂)은 천상(天上)으로 떠나니, 동서가 상합되지 않고 각각 분리되는 것을 죽음이라고 한다.

이런 뜻에서 금성(金星)은 서(西)에서 북(北)인 밤으로 하향하는 본성이 있어, 나뭇잎이나 과일이 땅으로 향하니 수신기가 된다.

즉 삼혼(三魂)은 노화된 육체를 버리고 천상(天上)으로 가서 새로운 탄생을 하는 것이다.

땅으로 굴러내리는 칠혼백(七魂魄)은 과일이니, 과일의 씨가 땅에 묻혀야 유형의 체(體)를 다음해 봄에 키울 것이기에, 지신(地神)의 품으로 오기를 기다리니 이것이 모성애이다.

2. 액부위(額部位)

화성(火星)인 리부위(離部位)는 얼굴에서 가장 위에 있다. 소인형도(小人型圖)에서 머리와 얼굴에 해당되고, 방각(方角)은 남방(南方)이며, 남방(南方)은 화(火)이고 화(火)는 빛을 뜻한다.

명예와 예(禮)의 대표적인 부위로 지식의 창고이기 때문에 아는 것이 있어야 관직에 오를 수 있다는 뜻에서 관록궁이라고도 한다.

정신활동의 무대이니 논과 밭이 되며, 절기로는 사계절 중 여름이고, 하루로는 활동시간인 낮이며, 소뇌와 대뇌가 집합하여 직감력을 발동한다.

상위자(上位者)를 예(禮)로써 대하니 예성(禮性)이고, 삶의 원고장이기에 광활하고 평평해야 좋으며, 색깔이 자색(紫色)이면 적당한 온도의 좋은 일기라고 할 수 있다.

그러나 하늘에 해당되니 흑색이면 구름이 끼거나 비가 내리는 격으로 하던 일을 멈출 수 밖에 없으니, 관직자는 퇴직하고 사업가는 실패하거나 중단된다.

또한 부모나 조상을 볼 경우에는 흑색은 병환이 생기고, 청색은 관을 짜기위한 근심의 빛이고, 윤기없는 백색은 차가운 서리이니 부모의 복으로 자신에게도 나쁘며, 지나친 적색은 너무 무더우면 비가 내리는 날씨로 변하듯이 구름이 낄 징조이다.

그리고 이마는 명궁(命宮) 위에 있어 얼굴의 상정(上亭)이고, 명궁(命宮)의 바로 한단계 위가 중정(中正), 중정(中正)의 상부가 사공(司空), 그 위가 천정(天庭), 천정상부가 천중(天中)으로 모두 5단이 된다.

이 곳을 소인형도(小人型圖)에 비유했을 때는, 명궁(命宮)인 가슴 윗단이 중정(中正)이고 사공(司空)부위는 목에 해당되며, 목의 위인 천정(天庭)과 천중(天中)이 얼굴의 두골이 되어 이마를 이궁(離宮)이라고도 한다.

이(離)는 남쪽인데, 남쪽은 상부위(上部位)로서 지구인은 태양계 내에서 태양의 정기를 많이 활용하고 있으며, 태양쪽으로 머리를 들고 있어서 정신과 명예, 조상, 부모, 출세 등이 이 곳에 적용되어 관운, 활동운, 선조와 가정의 전통, 부모의 유산, 교육지수 등을 알 수 있다.

3. 미부위(眉部位)

일월(日月)의 눈과 리부위(離部位) 사이를 양미(兩眉)라고 한다. 양미(兩眉)는 이마부위의 활동장에서 더우면 쉬는 나무 그늘과 같은 것으로 평지목(平地木)이라고 한다.

농번기의 농부에게는 논과 밭의 가장자리에 있는 나무그늘이 휴게실과도 같아, 형제자매가 다같이 모여 쉬며 사교하는 곳이다.

이렇게 양미(兩眉)는 성격을 판단하는 곳으로 오행별(五行別) 구분에서 다시 구체적으로 설명하기로 하겠다.

4. 목부위(目部位)

왼쪽 눈은 태양이고 오른쪽 눈은 달이며, 화부위(火部位)이다.

얼굴에는 태양계 내의 이웃인 칠성(七星)의 정기가 투시되어, 원근강약(遠近强弱)과 정기에 따라 일곱구멍이 크고, 작고, 뚜렷하고, 빈약하고 간에 타계(他界)에 있는 성진(星辰)들의 정기를 받아들인다.

달은 다른 성진(星辰)에 비해 아주 작은 별이면서도 태양과 비슷한 음화작용(陰化作用)을 한다. 태양계의 성진(星辰)들이 황도선(黃道線)과 수평으로 되어 있다는 것은 성좌표(星座表)를 참조해 보면 알 수 있을 것이다.

얼굴에서는 코의 무기토(戊己土) 부위와 일월(日月)이 수평을 이루고 있다. 그래서 낮에는 태양의 정기가 충분해야 기분이 좋고, 밤에는 부드럽고 뚜렷한 달이 비추어야 아름다운 밤이 된다.

또한 일월(日月)은 마음의 창이고 정신이니, 마음과 정신이 건전해야 좋은 일이 생기는 것은 당연한 이치이다.

비가 내리고 바람이 불어 날씨가 불순하면, 즐거운 여행이나 행사가 될 수 없듯이 일월(日月)이 맑아야 운세가 좋고 눈빛이 빛나는가 흐려있는가는 운세를 판단하는데 매우 중요한 기준이 된다.

정신이 집중되어 있는 눈 주위를 가택궁(家宅宮)이라 한다. 가택(家宅)은 가족이 모여 사는 집이니 부모, 형제, 자매, 정사(精舍), 광전(光殿), 육친궁(六親宮), 자녀궁이 모두 집중되어 있어 운명을 판단하는 있어서 매우 중요한 곳이다.

이상으로 눈에 대한 구체적인 설명은 다음에 다시 살펴보기로 한다.

5. 비부위(鼻部位)

인체의 중앙은 복부이고 얼굴에서는 비부위(鼻部位)인 코가 중앙으로 무기토(戊己土)이며, 비부위(鼻部位)라고 한다.

지구는 우주상으로는 우리에게 중앙이고 지구의 중앙인 무기토(戊己土)는 오행(五行)이며, 인체의 오장(五臟)에 해당되고 얼굴에서는 오행(五行)을 중화하는 코에 해당된다.

중앙을 차지한 코는 한개의 체(體)에 두개의 구멍이 있는 것이 다른 기관에 비해 특이하다. 이는 지구에 음(陰)과 양(陽)인 낮과 밤이 있고 남사와 여자가 있는 것과 같은 이치이다.

남좌여우(男左女右)의 음양(陰陽)인 두 몸이 부부로 합하여 일심동체가 되어 가정을 이루고 유지하기 위해서는 재산이 있어야 하며 건강해야 한다.

그래서 비부위(鼻部位)는 재산궁, 부부궁, 질액궁, 수명궁을 보는 아주 중요한 부분이다. 코는 토부위(土部位)이니 생김새가 단정하고, 오곡이 무르익은 가을들판과 같은 황금빛이면 의식(衣食)이 풍족하다.

만일 수(水)색으로 검으면 겨울에 물속에 잠겨버린 쓸모없는 들판같고, 지나치게 검으면 지진으로 가라앉거나 바닷물에 잠겨버린 들판같아, 사지(死地)가 되고 재산이 파산됨을 뜻한다.

또 윤기가 없고 백색이면 서리나 백설에 뒤덮인 들판과 같고, 푸른색이면 잡초가 우거져 걱정과 근심에 싸인 들판과 같고, 붉은색이면 가뭄에 타버린 들판과 같아 모두가 좋지 않다.

비부위(鼻部位)의 상정(上亭)은 양눈썹 사이이며, 이 곳을 명궁(命宮) 또는 인당(印堂)이라고 한다. 코에서 명궁(命宮) 아래를 산근(山根), 그 아래를 질액궁, 그 아래를 연상(年上), 그 아래를 수상(壽上), 그 아래를 준두(準頭)라고 하며 양쪽에 연해있는 것을 정위난대(廷尉蘭坮)라고 한다.

코를 몸통으로 보았을 때 엉덩이에 해당되니, 준두(準頭)로 현금 관계의 재복(財福)을 볼 수 있다. 코끝이 드러난 사람은 투기를 즐기며 재산이 빈약하다.

정위난대(廷尉蘭坮)란 두 콧구멍 위를 말하며 동시에 하체에 있는 두개의 배설구를 뜻한다. 두 배설구인 정위난대(廷尉蘭坮)에서 양쪽으로 뻗어간 법령(法令)은 걸어가는 다리의 끝이며 인생의 말년을 뜻한다.

6. 구각부위(口角部位)

몸통의 아래에 있는 두개의 배설구와 연접해 다리 안쪽에 있는 것이 입으로 구각(口角)부위라고 한다. 입은 북(北)이고 밤이며 감부위(坎部位)라고도 한다.

이 곳이 하루에 한번씩 돌아오는 밤이고, 일년으로는 겨울이며, 일생으로는 말년에 해당되는데 보다 깊게는 함정이 되기도 한다.

입은 하정(下停)이며 말년의 자식복, 식복, 건강 등을 본다. 자식이 있어야 말년에 잘 살것이고, 잘 먹어야 건강하고 가정법이 순조로워야 자녀가 효성할 것이다.

절기로는 겨울이고 하루로는 밤이다. 하루 중에서는 밤이 휴식시간이고 일생에서는 노년이 휴식기간이다. 포태법(胞胎法)으로 보면 감(坎)은 장(葬)이요, 장(葬)은 포태(胞胎)로 변하는 것이 역(易)의 이치이다.

이렇게 감(坎)은 장(葬)이고 장(葬)은 포태(胞胎)로 변하니, 하루로 비유하면 밤은 장(葬)이며 감(坎)이고 활동을 중지하고 쉬고 있으니 잠자는 시간이다.

또한 잠자면서 자녀를 포태(胞胎)하여 생산의 역사가 이루어지는 것은 장(葬)에서 포태(胞胎)작용이 생기기 때문이다.

사람은 감부위(坎部位)에서 지천태괘(地天泰卦)로 남녀교제가 성립되어, 땅인 어머니의 배에 포태(胞胎)하여 머리를 아래로 향하고 자라다가 만9개월이면 출생하게 된다.

여기서 九는 구궁구공(九宮九孔)이며, 9개월인 275일의 二는 음(陰)이며, 양(陽)의 七은 칠성(七星), 五는 오행오장(五行五臟)으로 작용된다.

머리를 아래로 향하고 회전하면서 출생하여, 점차 자라면서 머리를 하늘로 올리고 상향하여 성장이 완성되면, 다시 노쇠하여 머리를 땅으로 숙이고 꼬부라지는 형상이 된다.

또한 땅에서 끌어당기는 현상이 일어나, 인생의 늦가을과 겨울이 되는 시기에서 동방(東方)의 봄인 나무 지팡이로 쓰러지지 않으려고 애쓴다.

입동절(立冬節)을 건(乾)이라고 하는데, 건방(乾方)에 오면 어쩔 수 없이 서리가 내려 완숙한 과일이 땅에 떨어지듯이, 지하에 묻히고 삼혼(三魂)은 북두칠성으로 가서 7 · 7은 49일간의 심사를 마치고 50일째에 다시 지구로 환원된다.

7. 명 궁(命 宮)

명궁(命宮)은 명당(命堂) 또는 인당(印堂)이라고 하며, 양미(兩眉)를 평지목(平地木)이나 비견(比肩)이라고도 하는데, 비견(比肩)은 양어깨라는 뜻이다.

양어깨는 육친궁(六親宮)에서 형제자매이고 명궁(命宮)은 나(我)

이므로 형제자매 가운데 내가 있다.

물론 육친도 소중하지만 가장 소중한 존재가 나(我)이고, 매사에 내가 위주가 되어 양미(兩眉)의 중앙을 차지한 것이니, 이 곳을 명궁(命宮)이나 명당(命堂) 또는 인당(印堂)이라고 하는 것이다.

운명장(運命狀)에서는 천명(天命)의 인장(印章)이나 인당(印堂)이라는 뜻과 같고 임명장(任命狀)에서처럼 인장(印章)을 눌렀다는 뜻이다.

양눈썹을 어깨에 비유하면, 어깨 사이는 가슴이니 명궁(命宮)이라 하며, 명(命)을 받은 중요한 곳이어서 오장육부(五臟六腑)를 갈비대로 울타리를 막아두었다.

목에 해당되는 중정(中正)과 사공(司空)은 명궁(命宮)이 명(命)을 받은 중요한 곳이다. 가슴에 오장육부(五臟六腑)의 기관이 골고루 균형있고 편하게 명(命)을 받았다면 왕의 위치이다.

그 뒤에 있는 중정(中正)이 중정(中正)마마에 해당되고, 부부에게도 해당되므로 중정(中正)을 보고 부부의 길흉을 알 수 있다.

명궁(命宮)에서 양쪽으로 갈라진 양눈썹이 어깨와 같아 형제자매와 직업, 사교, 성격 등을 알 수 있다.

연령으로는 28세에 해당되며 청춘이 방긋 웃는 봄이라는 의미이다. 이는 2·8의 16에서 16세 이상이면 부모로부터 벗어나서 부부의 정으로 살 수 있다는 뜻이다.

또한 28세가 되면 성년이니 인생출발의 중심이 된다는 뜻으로, 인당(印堂) 또는 명당(命堂), 명궁(命宮)이라고 한다.

얼굴을 12포태법(十二胞胎法)으로 적용해 보면, 명궁(命宮)은 생(生)의 다음인 욕(浴)에 해당되니 인간이 산다는게 욕(浴)보는 일이며 고생스럽다는 말이다.

지구는 태양을 돌고, 태양은 북극성의 일부일지라도 큰 원을 그리며 돌고, 북극성은 어느 모체에 매달려 얼마나 큰 원을 돌고 있는지 모르지만, 이렇게 엄청나게 빠른 속도로 돌고 있는 지구의 표면에서 살고 있으니 인간의 삶이 고될 수 밖에 없는 것이다.

다만 좀더 좋은 자리에 자리잡은 사람과 그렇치 못한 사람과의 차이가 있을 뿐이다.

좋은 명궁(命宮)이란 좋은 위치를 잡은 격으로, 이런 사람은 평탄하게 살 것이고,, 명궁(命宮)이 움푹하게 들어 갔거나, 주름으로 살기차게 되어 있거나, 울룩불룩 거칠게 생긴 사람들은 비교적 평탄치 못하고 굴곡이 많은 삶을 살 것이다.

명궁(命宮)의 상부위(上部位)는 상위자(上位者)인 부모궁이고, 좌우는 형제자매궁이다. 하부위(下部位)는 월패(月悖)를 건너 부부 일심동체인 비부위(鼻部位)의 중간을 돌고 있는 월구(月球)를 말한다.

달은 다른 별에서 보면 하잘것 없는 작은 별에 불과하지만, 인간에게는 눈에 청기(淸氣)를 정기시키는 매우 중요한 별이다.

달과 마찬가지로 다른 별들도 얼굴의 구멍으로 정기되지만, 화성(火星)은 구멍으로 정기되지 않고 몸 전체에 은연 중에 화기(火

氣)로 정기된다.

화성(火星)은 다른 별들과 달라서 태양처럼 낮에만 떠있어 형체를 육안으로 볼 수 없지만 지구인과는 보이지 않게 깊은 관계를 맺고 있다.

밤에는 잠을 자기에 죽어있는 순간이고, 낮 동안만 살아있다고 생각하면 화성(火星)은 곧 내 머리위에 있는 것이나 다름없다.

태양계의 성진(星辰)들 중에서 생물이 살아온 순서는 목성(木星)에서 시작해, 목성(木星)에서 살 수 없게 되자 태양과 좀더 가까운 화성(火星)으로 옮기게 되었고, 화성(火星)의 일광(日光)이 점점 약해지자 다시 좀더 태양에 가까운 지구로 옮겨와 살게 된 것으로 본다.

이렇게 볼 때 인간의 영혼은 천리(天理)에 순응하며, 대자연의 섭리와 조화로 성진(星辰)의 정기를 받아 이슬처럼 맺혔다 사라지고 또 맺히는 것이다.

영혼이 육체에서 떠나면 육체는 무너지고 五인 무기토(戊己土)에 이르니 그 착륙지가 바로 명궁(命宮)이다.

명궁이 넓고 평평해 큰 들판처럼 방대하면 초가을에 무르익은 황금빛 들판을 상징하니 토명궁(土命宮), 골과 주름이 많으면 불규칙한 착지(着地)로 험악한 계곡의 앞뒤를 가리기 어려운 곳이라 하여 화명궁(火命宮), 광활하여 무변대해와 같으면 바다에 비유해서 수명궁(水命宮), 좁고 곧게 생겼으면 봄에 초목이 우거지는 것을 연상해서 목명궁(木命宮), 둥글면서 중심이 가을의 과일처럼 두툼하면 금명궁(金命宮)이라고 한다.

이렇게 지상의 착지(着地)인 명궁(命宮)에서부터 생활이 시작된다고 보면, 주위 환경의 지배를 받아 인간의 성품이 조성된다는 것을 알 수 있다.

오행(五行)의 특징을 기본으로 삼아, 명궁(命宮)의 오행(五行)에 각 궁(宮)의 형태적 오행(五行)을 상생상극(相生相極)으로 살펴보면, 참으로 재미있게 적중한다는 것을 알 수 있다.

(1) 명궁(命宮)의 살기(殺氣)

평활(平活)하고 자색(紫色)으로 광이 나며 윤기가 있어야 할 명궁(命宮)에 주름과 골이 있으면 심산유곡으로 비유해서 살기(殺氣)라고 한다.

· 명궁(命宮)에 상하로 주름이 하나 있으면

한줄기의 비나 냇물 또는 홍수에 비유한다.

명궁(命宮)은 오장(五臟)을 간직한 가슴과 같다는 것을 앞에서 여러번 설명했듯이, 이렇게 중요한 명궁(命宮)에 도끼를 맞은 격이니, 오장(五臟)이 상할 것이다.

이런 경우 어떤 운명일지 반문할 여지도 없이 슬프고 고통스러운 일이 많게 된다. 주름이 깊으면 깊을 수록 오장(五臟)이 더욱 많이 상하니 극파극살(極破極殺)이라고 한다.

위로는 부모부위인데 가슴을 양분해 놓았으니 편친슬하가 될 것이며, 만일 부모가 모두 있어도 갈라져서 살 것이다.

　남자는 장인과 여자는 시부모와 사이가 좋지 못하고, 부부의 경우는 이별이 있어 가신 님은 돌아오지 않는 것처럼 오장(五臟)이 매우 아프다는 뜻이 된다.

　또한 중정(中正)은 부부궁이니 남편이 냇물에 떠내려 갔다는 뜻으로 부부를 갈라놓는다.

　이렇게 볼 때 부모는 가산을 패하고 아래로는 자녀가 슬프고 원통해 하며 근심하는 격이 된다.

· 명궁(命宮)에 상하로 두줄기 선이 있으면

　하늘에서 쏟아지는 두줄기의 사나운 비로 눈물을 뜻한다.

　양친부모를 일찍 잃고 부부를 극해 망신하는 격으로, 공방(空房)이나 이별의 환(患)이 있고 재산을 탕진하고 고향을 떠나 객지에서 방랑하는 격이지만, 반면에 풍상을 겪었으니 지혜가 생기고 명예를 얻기도 한다.

· 명궁(命宮)에 내천(川)자 모양의 세줄기 선이 있으면

　삼처(三妻)팔자이고 일찍둔 자녀가 냇물에 떠내려 가는 격으로 냇물을 건너기 위해 껑충껑충 뛰어야 하니 위험한 투기를 즐기게 된다.

　만일 선박업이면 한없이 떠내려가 불길하고 익사를 뜻하며, 맹수의 물형을 가진 얼굴은 맹수가 찌푸린 인상이니 고집이 강하다.

· 명궁(命宮)에 옆으로 두이(二)자 모양의 두개의 선이 있으면
 측면에서 가슴에 두개의 칼을 맞고 갑자기 창에 찔린 격으로, 조란급란(曹亂急難)의 재앙이 생기고 자녀를 극하며, 많은 재앙과 재난이 따른다.

· 명궁(命宮)에 팔(八)자 모양이 있으면
 팔도강산을 두루 돌아다니며 방황하는 방랑생활을 하게 된다.
 집안 일은 등한시 하고 밖에 나가 활동하니, 외교에는 능하나 부부인연이 불길하여 고달프다.

· 명궁(命宮)이 함(陷)하면
 동굴의 가장 안쪽에 있는 격으로 지상에서는 함정이고 산중에서는 골짜기에 해당되니, 성격은 음성적이고 내성적이며 심산유곡에서 험한 고생과 역경이 많다.
 그리고 사람이 없는 골짜기에서 살다보니 인덕이 없으며, 신체상으로는 노고가 많고 피로가 겹치니 몸이 약해 모든 일이 중간에서 중단되는 수가 많다.
 깊은 산골짜기에서 부부까지 맹수에게 당하는 격이 된다.

· 명궁(命宮)에 점(点)이 있으면
 점에는 색이 까맣게 짙고 윤기있는 점, 검기는 하지만 짙지않고 윤기가 없는 점, 붉은점, 파란점 등으로 구분되는데, 얼굴에 있는

점은 어디에 있든 좋지 않다.

점의 근원을 찾아 우주와 비교해 보면, 얼굴의 점은 유성과 같은 것으로 부딪히면 부서지는 파괴만이 있다. 다만 그것을 잘 이용하는 방법이 있을 뿐이다.

그러기에 선사들께서는 면무호점(面無好点), 신무악점(身無惡点)이라는 말을 한 것이며, 파버린다고 해도 다시 생기게 된다.

그것은 얼굴만이 아니라 몸체가 우주에 해당되므로 명궁(命宮)의 점은 가슴의 점과 같고, 몸을 우주로 보면 명궁(命宮)과 가슴 사이에 연결된 피가 흘러 연맥되어 있기 때문에 피가 맺혀 다시 생기게 되는 것이다.

여자가 입술에 점이 있으면 음부에도 있을 것이며, 법령(法令)에 검은점이 있으면 다리에도 검은점이 있어 법령(法令)에서 다리까지 검은피가 연결되어 있다는 뜻이 된다.

다시 말해서 법령(法令)에 점이 있으면 법령(法令)에서 다리까지 몸 속으로 살기(殺氣) 있는 뱀이 다리의 점을 꼬리로 삼고 법령(法令)에 머리를 대고 숨을 쉬고 있는 것과 같은 이치가 된다.

명궁(命宮)에 검은점이 있으면 가슴에 못이 박힌 격이니, 여자는 결혼을 실패하고 재가하는 경우가 많고, 남녀 모두 양계(陽界)에서 음계(陰界)로 전환하면 전화위복하며, 2·8=16이니 만 16세에 수도길에 나서면 대성한다.

점에 대한 것은 뒤에서 다시 자세하게 설명하기로 한다.

2. 안면의 각 부위별
특징과 적용

지상에서는 태양의 정기가 우선이므로 화기(火氣)인 남쪽을 향하여 좌이(左耳)는 동방(東方), 목성(木星), 목부위(木部位)이고 목생화(木生火)하여 이마는 남쪽이며, 이마를 화부위(火部位)라고 하고 화성(火星)이다.

우이(右耳)가 서방(西方)인 금성(金星)이며, 금생수(金生水)라 하며, 구각부위(口角部位)가 북쪽의 수성(水星)이 된다.

중앙인 코부위가 토성(土星)으로 지구와 같고, 토생금(土生金)이라고 한다.

오성(五星)의 순환 및 상생작용(相生作用)은 남좌여우(男左女右)로 남자는 동방(東方)의 목성(木星)이 본부위이고, 여자는 서방(西方)의 금성(金星)이 본부위가 된다.

동방(東方)의 목성(木星)과 서방(西方)의 금성(金星)이 음양(陰陽)으로 상교(相交)하여, 중앙의 토성(土星)인 코에 재산과 몸을 같이 하고 중화 화합하여 한살림을 꾸려가니 콧구멍이 음양(陰陽)으로 각각 두개일지라도 하나처럼 동시에 숨을 쉰다.

콧구멍 아래에 인중이라는 골이 있어 수성(水星)인 구각(口角)과 연접되어 콧물이 흘러들어 가니 얼굴은 하늘이요, 수성(水星)인 입은 어머니의 자궁과 같고 자녀의 입과 같다.

그리고 좌목성(左木星) 부위는 아침이며, 남쪽인 이마의 화성(火星) 부위는 낮이고, 우방인 서쪽의 금성(金星)은 석양이며, 북쪽의 수성(水星)인 구각(口角)은 하루 중에서 밤이므로, 잠을 자면서 음양상교(陰陽相交)가 되어 자녀를 포태(胞胎)한다.

또한 수성(水星) 부위인 구각(口角)은 일년으로는 활동이 중지되어 쉬는 겨울과 같으며, 일생 중에서는 눈을 감고 땅 속에 묻혀있는 때와 같다.

그리고 동쪽인 좌이(左耳)는 동쪽에서 태양이 떠올라 남쪽으로 오면 논이나 밭으로 나가서 일을 하는 때이다.

목부위(木部位)인 봄부터 여름까지 왕성하게 돈벌이를 하게 되는 것으로 화부위(火部位)인 이마에 관록궁, 직업궁, 조상궁, 부모궁 등이 있다.

이마와 연접해 있는 양눈썹은 더운 날씨에 논밭에 나가 일을 하다가 땀이 나고 피곤할 때, 형제자매가 모여 쉴 수 있는 평지목(平地木)의 그늘이다.

평지목(平地木)은 집 주위에 있으면 울타리이고, 들판에 있으면 일을 하다가 잠시 휴식을 취할 수 있는 장소를 제공해 주니 형제 관계와 사교 등의 길흉을 알 수 있는 곳이다.

이마부위에서 활동하여 모은 재산을 화생토(火生土)의 중앙인 코 부위에 가서, 남녀가 같이 합하여 하나의 재산으로 축재한다.

미혼남녀는 동남서녀(東男西女)가 중앙인 무기토(戊己土) 부위에서 결합하여, 토생금(土生金)으로 아름다운 아내의 방에 들어가 수성(水星)부위인 밤에는 서로가 입을 통해 정담을 나누고 쉬면서 상교의 역사를 엮어 자손을 두는 것이다.

그러다가 인생의 가을을 보내고 말년에는 자식에게 의지해서 살다가 수성(水星)인 북망산천으로 돌아가서 몸은 함정에 던져놓고 영혼은 북극성으로 가게 되는데, 칠성(七星)에서 각각 7일씩 49일 간에 업장을 심사받고 50일만에 무기토(戊己土)인 지구에 환원되어 다시 포태되니, 어머니의 뱃속은 극락과 같다고 할 수 있다.

여기서 잘 태어나고 잘못 태어나고는 현세의 결실로서 최종 심판을 받는 곳으로, 수성(水星)은 생을 마무리하는 곳도 되고 다시 태어나는 곳이기도 해서 끝과 시작이 함께 있는 곳이다.

지금까지 오행(五行)의 본부위에서 얼굴의 각 부위에 대한 기본적인 내용을 전체적이며 대의적으로 설명했고, 이제부터는 얼굴을 각 부위별로 좀더 구체적인 적용관계와 해당부위의 세부적인 운세에 대해서 알아보기로 한다.

1. 이부위(耳部位)

이부위(耳部位)는 음(陰)과 양(陽)으로 좌우에 있는데, 좌이(左耳)는 양(陽)으로 남자의 본부위이고, 우이(右耳)는 음(陰)으로 여자의 본부위가 된다.

오행상(五行上)으로는 남자의 본부위인 좌이(左耳)를 동방목(東方木)으로 보고, 여자의 본부위인 우이(右耳)를 서방금(西方金)으로 본다.

여기서 말하는 본부위란 출신성분을 말하는 것이며, 1세에서 14세까지인 유년시절의 환경이나 성격 그리고 부모의 사랑을 본다.

남자의 본부위인 좌이(左耳)인 동방목성(東方木星)의 특징은 다음과 같다.

동방목(東方木)은 일년으로는 봄이고 하루로는 아침이다. 아침에 해가 동쪽에서 떠올라 중천으로 올라가듯이, 물기를 얻은 저녁의 나무가 하늘을 향하여 자라면 산소를 내뿜게 되는데, 불은 산소가 없이는 존재할 수 없기에 태양이 동방목(東方木)에서 떠오르고 있는 것이다.

봄이 되면 나무의 새싹이 움트고 해가 길어져 여름이 되는 것처럼 불의 고장은 나무가 된다.

나무는 해가 오르고 있는 하늘을 향하여 자라니 이를 진(震)이라 하고, 진(震)은 내리는 빗줄기 아래에서 용이 올라간다는 뜻으로 동방(東方)을 가리켜 진방(震方)이라고 한다.

봄이 되면 나무가 하늘을 향하여 자라고 여름에는 불길처럼 이리저리 불규칙하게 우거지듯이, 사람도 밤에는 누워서 쉬다가 아침이면 힘을 얻어 하늘을 향해 일어나서 일터에 나가 활동을 하니 나무와 인간은 비슷하다.

그래서 사람과 나무를 용이라고 하고, 사람을 진(震)이라고 한다. 진(震)은 나(我)라는 뜻이지만 다른 사람을 말할 때는 장남이나 장성한 남자라는 뜻이며, 특히 장남은 상하로 대를 이어가니 진(震)인 동방목(東方木)을 본부위로 삼는 것이다.

여자의 본부위인 우이(右耳)인 서방태금(西方兌金)의 특징은 다음과 같다.

서방(西方)은 절기로는 가을이고 하루로는 석양이다. 석양이 되면 지평선으로 해가 지고 시원한 바람이 불어와 하루종일 열을 받은 몸의 열기와 땀을 식혀 준다.

또한 하루 일과를 마치고 귀가하는 길에 눈을 들어 서쪽 하늘을 보면, 백옥같이 맑고 깨끗한 태백성(太白星)이라는 금성(金星)이 웃음을 지어주니 이것이 바로 소녀성이라는 태성(兌星)이다.

태(兌)는 금과 같은 보석이며 아름다운 소녀라고 할 수 있으니, 날마다 비춰주는 금성(金星)인 태백성(太白星)을 소녀성 또는 태성(兌星)이라고 하는 것이다.

봄은 인생의 청춘이고 여름은 중년이며 가을은 장년에 해당된다. 인생의 가을을 맞이하면 혼비백산하여 머리가 희어지고 혈색이 없어지며 기운도 떨어지게 된다.

인생의 겨울이며 북방(北方)인 수성(水星)의 입을 감부위(坎部位)라 하고, 이 함정에 들어가면 누구나 목욕을 하는데 가을이라는 금(金) 때문이다.

하루, 일년, 일생, 또는 영원을 통해 항상 이렇게 역(易)하고 있는 것은 자연의 섭리로, 동방목(東方木)을 서방금(西方金)이 이끌어 열매에 씨를 남기고 나무의 혼을 앗아가 버린다.

(1) 목이(木耳)

귀의 하단인 뿌리가 약하고 상단인 윗쪽이 넓은 모양으로 나무를 상징한다. 포플러 나무를 생각하면 이해가 빠를 것이다.

남자는 본부위가 나무인데, 나무에 또 나무가 되니 경쟁하는 격이다. 한그루의 나무가 서야 할 자리에 또다른 나무가 들어섰기 때문에, 서로가 좀더 많은 햇빛을 차지하기 위해 하늘로 치솟아 튼튼하지 못하고 가늘며 연약하게 자란 모양이다.

가난하고 빈약하지만 경쟁의식 속에서 문학이나 예술의 재주가 선천적으로 뛰어나고, 비교적 두뇌가 총명하고 학업에 열중하여 배움의 길을 스스로 개척하며 영웅적인 성격이다. 물질적인 뒷받침이 없는 것이 결점이다.

여자는 본부위가 금(金)인데 나무로 태어났으니 가을에 금극목

(金克木)을 당하여 허약하다. 어릴 때는 병으로 시달림을 받으며 15세 이전에 가정에 파액(波厄)이 있으니, 가난한 집에서 교육을 받기 어려워 교양없이 자란다.

성격은 신경질적이나 정직하고 희생적이며, 의리와 책임감이 강하다. 간혹 천재적인 수재가 있기도 하다.

(2) 화이(火耳)

뒤쪽으로 까졌거나 윤곽이 분명치 못하고 불규칙한 모양으로 바람에 흔들리는 불을 상징한다.

남자는 본부위가 봄이며 나무인데 불로 태어난 격으로, 어린나무에 불이 붙고 묘목판에 가뭄이 든 격이다.

어릴 때는 활발하고 폭력이 있어 골목대장같은 성격으로 액이 많고 지나치면 횡액이나 요사 등이 따른다.

여자는 본부위가 금(金)인데 불로 태어나 화극금(火克金)하여 금(金)을 녹이는 격으로, 성질이 난폭하며 낙상수나 수액수가 있고 교통사고 등을 당하기 쉬우며, 부모에게도 효성스럽지 못하다.

양자나 서자 또는 재취의 자녀들에게 많으며, 부모가 성교시 싸움을 했거나 난색 자녀로 대부분이 부모와 이별수를 갖고 있다.

어릴 때는 근면성이 없어 학업에 등한할 뿐만 아니라 장난꾸러기이다.

(3) 토이(土耳)

후중하고 논이나 밭처럼 네모 모양으로, 무르익어 가는 초가을 들판을 상징한다.

남자의 경우는 본부위가 나무인데 토(土)로 태어났으니, 목극토(木克土)하여 집에 있는 나무가 극(克)을 당하는 것과 같아 희생되는 격으로, 운명상 별로 좋지 못하며, 가난한 농가에 태어나 얻는 것도 없이 고생만 한다.

15세를 전후해서 길흉이 서로 반반이지만, 직업으로 토목이나 건축 또는 농업의 기술을 익히면 능하게 된다.

여자의 경우에는 본부위가 금(金)인데 토(土)로 태어났으니, 토생금(土生金)하여 가세도 좋아지고 부모에게 효도하며, 집안을 잘 보살피니 귀여움을 받는다.

중류가정이나 지방의 사업가 가정에서 태어나 형제간에 우애도 좋고 근면하지만 너무 근면하다 보니 몸이 고달프다. 동양인 여자에게 알맞은 표준형이다.

(4) 금이(金耳)

가을을 상징하는 금(金)은 과일과 곡식이 둥글게 되는 것을 뜻하니, 반달처럼 둥글며 윤곽이 뚜렷한 모양이다.

남자는 본부위가 목(木)인데 금(金)으로 태어났으니, 금극목(金克木)하여 좋을 것 같지만 그렇게 좋지만은 않다.

대개 부모의 슬하를 떠나는 수가 많고 15세 이전에 부모가 풍상을 겪거나 때로는 조실부모하는 수가 있지만, 대부분 건강하며 자기 자신만은 길하다고 할 수 있다.

여자는 본부위가 금(金)인데 금(金)으로 태어나, 금(金)에 또 금(金)이니 금속성인 쇳소리가 나는 격이다.

남에게 지지 않으려는 고집과 질투가 있어서 사납지만, 투지력이 강하고 활동적이며 남성적인 기질이 있다.

(5) 수이(水耳)

두툼하면서 넓고 특이하게 큰 귀를 말하며, 앞이 확트인 바다를 상징한다.

남자의 경우에는 수생목(水生木)하여 오행상(五行上)의 본부위와 조화가 잘되니, 총명하고 지혜로우며 어질고 올바른 성품이다.

여자는 본부위인 금(金)에 물로 태어났으니 금생수(金生水)하여, 명문의 정통적인 부유한 가정에서 태어나 순조롭게 자란다.

두뇌도 명석하고 부모복이 있어서 경제적인 뒷받침이 좋기 때문에 고생을 모르고 자라게 되니, 어려운 사람의 사정을 모르는 것이 결점이다.

2. 액부위(額部位)

얼굴에서는 가장 위에 있고, 방각으로는 남방(南方)이며 화부위

(火部位)이다.

액부위(額部位)에서는 남녀 다같이 15세부터 30세까지를 본다. 액부위(額部位)는 화부위(火部位)에 속하지만 화부위(火部位)는 상정(上停) 전체를 뜻하는 반면에, 액부위(額部位)는 미각(眉角) 윗부분만을 말한다.

하루로는 정오를 기준으로 전후한 낮이니, 태양의 열기인 화기(火氣)가 가장 강한 때이며, 일년으로는 지상의 초목들이 성왕하는 하절기로 활동하는 시기이니, 낮에 일터에 나가 활동하는 시간이므로 땀을 흘리는 장소와 시기라고 생각하면 된다.

모든 일에서 노력하지 않고는 성공할 수 없듯이, 보다 나은 결과를 얻기 위해서는 효율적이고 능률적인 방법을 찾아야 한다.

그러기 위해서 선각자인 윗어른들의 가르침을 받아들여야 되니, 액부위(額部位)는 조상이나 부모 등 윗어른을 보며, 관록운이나 명예, 활동력 등의 인간관계도 본다.

(1) 목액(木額)

나무가 옆보다는 상하로 더 길게 뻗어 있듯이, 목액(木額)은 옆은 좁고 위는 높은 이마를 말한다.

남녀 다같이 본부위가 화(火)이므로, 목생화(木生火)로서 몸에 불이 붙은 격이다.

대개 빈한한 가정에서 태어났으나 두뇌가 명석하여 15세 이후에는 특기를 갖고, 기사나 문학가 또는 예술가의 소질을 타고났기 때문에 점차적으로 발전한다.

일찍 결혼하는 것은 불길하나 자유결혼은 의외로 성공률이 높은 편이다. 기술업은 중지상(中之上)이고 부모 조업은 없으며, 부모 궁은 편친슬하이다. 독학이나 고학자가 많고 그렇지 않으면 대개가 무학자이다.

(2) 화액(火額)

불이 타오르는 모양과 같이 이마가 낮고 뾰족하며, 불이 바람에 이리저리 흔들리는 형상으로 찌그러지고 윗부분이 뒤로 넘어간 모양이다.

남녀 다같이 본부위가 화(火)인데 또 화(火)로 생겼으니, 여름날의 정오에 불을 피워놓은 것과 같아 설상가상 격이다.

15세부터 30세까지 고해가 많고 조실부모하는 경우가 많으며, 부모유산은 없으며 있다고 해도 지키지 못하고, 26세, 27세, 29세, 30세에 부모복을 입거나 타향에서 방황하는 수가 많다.

조혼은 불길하며 남자는 삼처(三妻) , 여자는 재가팔자이니 불명예스러운 일이 많으며, 관운도 없고 직업은 노동직이나 기술직이 천직(天職)이다.

(3) 토액(土額)

정리된 전답이나 밭전(田)자 모양을 닮아서 상하는 다소 짧아도 양옆으로는 평평하고 넓은 모양으로, 오곡이 무르익어 가는 초가을의 들판으로 상징한다.

남녀 모두 본부위가 불이니 화생토(火生土)하여, 여름이 가고 초가을이 다가온 셈이니 점차적으로 서서히 운이 열려 대지대망의 문턱에 이르고, 부모의 재산도 점점 늘어나게 된다.

명예는 중간 정도이고 부부궁과 재산, 사회적 지위는 중지상(中之上)이다.

(4) 금액(金額)

이마가 바가지 모양으로 둥글게 튀어나온 모양으로 주로 대머리에서 많이 볼 수 있으며, 금왕(金旺)의 계절이 되어 모든 과일과 곡식이 둥글게 불어오름을 상징한다. 본부위가 불이니 화극금(火克金)이 된다.

15세부터 25세 이전에 영웅적 포부를 갖고 발전해서 명예를 얻으나 내적으로는 허망하게 되는 수가 많고, 26세나 30세에 대부분 결혼을 하지만 자녀궁에 산액이 있어 일진일퇴 격이며 길흉이 상반된다.

명예는 좋고 지위는 중간 정도이나 재산궁은 하지중(下之中)이며 자녀궁은 별로 좋지 않은 편이다.

(5) 수액(水額)

모양이 넓고 후중하게 생겼으며 깊은 바다를 상징한다.

수극화(水克火)로 얼핏 보기에는 좋은 것 같지만 사실은 외부내빈이며 외강내유의 유명무실 격으로 물과 관계된 사업에 종사하는 사람이 많다.

대개 30세 전후해서 33세나 34세의 三, 四수는 병정(丙丁)이 되어, 수극화(水克火)로 크게 패하는 수가 많고, 부호의 집안에서 부모의 재산을 지키지 못하는 사람이 절반 이상이다.

사회적 지위는 소관인(小官人)으로 중지상(中之上)이고, 부부궁 역시 좋은 편은 못되어 전반적으로 불길하다. 30세 안에 둔 자식은 키우기가 어렵고, 자녀궁은 먼저 딸을 낳고 나중에 아들을 낳게 된다.

3. 미부위(眉部位)

미(眉)란 눈위에 위치한 눈썹으로 평지목(平地木)이라 하여 남녀 다같이 목(木)을 본부위로 하고 31세에서 34세까지의 운을 보는 곳이다.

이마를 활동하는 일터로 생각한다면 미(眉)는 일터인 논이나 밭의 가장자리 심어놓은 나무그늘과 같아, 땀을 흘리며 일을 하다가 형제나 친구들과 쉬며 즐기는 곳으로 형제자매, 사교, 귀인의 도움 등을 본다.

그리고 양미(兩眉)는 전답가의 정자나무와 같듯이, 집이나 직장에서는 울타리 안에 심어놓은 나무나 휴게실로도 적용한다.

또한 눈썹으로는 물형을 보는 수가 많다. 예를 들어 동물 중에서 뱀이나 개구리같이 털이 없는 파충류의 눈썹을 적용하는 경우가 있는데, 그들의 눈썹을 본다기 보다는 몸의 형체의 특징을 잡아서 보는 것이 비결이다.

눈썹을 오행(五行)으로 구분해서 판단을 하면 보다 정확하다.

목미(木眉)는 나무에서 낙상의 재난이 있고, 화미(火眉)는 화상 같은 재난이 있고, 토미(土眉)는 토지문서로 형제간에 싸우고, 금미(金眉)는 금전관계로 싸우고, 수미(水眉)는 형제가 물에 빠져 죽는다.

(1) 목미(木眉)

눈썹은 화부위(火部位)인 이마에 있는 것으로 미(眉)의 본부위인 화지목(火地木)이다. 목미(木眉)는 나무에 또 나무이니, 나무가 빽빽하게 들어서 있다는 뜻으로, 숲에 있는 나무처럼 가늘고 곧게 뻗어 각이 없이 一자형으로 된 모양을 말한다.

물형에 비유하면 새의 꼬리나 날개깃이 나무의 형상을 닮은 것을 생각하면 쉽게 이해할 수 있다.

성격은 강직하고 인화(仁和)하며 나무뿌리가 땅 속 깊이 파고 들어가듯이 학문이 깊고 연구력이 강하며 문예에도 소질이 있으며, 나무와 꽃을 좋아하고 큰 집단과 경쟁심이 많다.

그러나 나무는 이리저리 파서 옮기면, 튼튼하고 큰 나무로 자라지 못하고 바람에 넘어지기 쉬우므로 일정한 장소에 머물기를 좋아하니, 만일 여기 저기 떠돌아 다니는 상인이라면 이 부위에서 칠난팔기(七難八起)의 위기를 당하여 파산하는 수가 많다.

오행상(五行上)으로 알맞은 직업은 학자나 나무에 관계된 과수원이나 양잠업 등이 좋다.

형제는 2~3명이며 자손궁은 뿌리를 깊이 심기 때문에 길하다.

(2) 화미(火眉)

미모(眉毛)가 불규칙하고 엉성하여 불이 타오르는 모양으로 가시덤불과 같은 모습이다.

화미(火眉)의 성격은 호미(虎眉)나 가시덤불로 비유되며 무관(武官)으로 출세한 사람이 많고, 강직하며 솔직하고 통솔력이 있어 대의를 위해 싸울 수 있는 성격이다. 눈썹꼬리가 호랑이 꼬리처럼 위로 올라간 모양을 호미(虎眉)라고 한다.

형제덕은 없고 성질이 급하며 차분하거나 치밀하지 못한 것이 단점이나 직감력이 빠르기 때문에, 남방(南方)의 가시덤불에 길지를 택한 범이나 사자 또는 늑대와 같은 살생 동물에 비유한다.

31세부터 34세 사이에서 처음에는 목생화(木生火)로 불이 붙은 모양과 같이 불꽃처럼 일어나는 기상이나, 불이 타고 나면 재만 남듯이 가택을 모두 팔아 없애고 금전을 탕진하며, 형제가 사망하거나 불의 난을 당하여 처음에는 좋다가 나중에는 흉한 격이니, 침착성이 부족한 점에 주의를 하고 투기를 조심해야 한다.

처음에는 형제가 4~5명이지만, 40대에서 50대 사이에 3~4명으로 줄어든다.

(3) 토미(土眉)

정리된 논과 밭이나 무르익어 가는 초가을의 들판처럼 네모꼴로, 머리와 꼬리가 구분없이 뭉퉁하고 무디어 흡사 못자리판과 같은 모양이다.

토미(土眉)의 성격은 강함과 부드러움이 동시에 겸비되어, 들판에 나가 일을 할 때는 개간지를 개척하는 굳센 의지로 열중하지만, 일단 가정으로 돌아오면 정성을 다하는 온유함을 가진 성격이어서 화목하며, 대개 농업이나 토건업에 종사하면 좋다.

오관(五官)에 수(水)가 있으면 일시적인 풍파가 잦고, 얼굴이 화국(火局)이나 토국(土局)의 금국(金局)인 사람과는 대등하다.

형제는 5~6남매 중 삼형제이다.

(4) 금미(金眉)

형태는 미두(眉頭)의 미모(眉毛)가 약간 섰고, 전체적인 미모(眉毛)는 다소곳이 굽어서 숙여진 모양으로 반달미(眉) 등이 있다.

금미(金眉)는 본부위가 목(木)이므로 목극금(木克金)이며 가을의 과일나무에 비유한다.

여름의 평지목(平地木)은 더위를 무릅쓰고 서로가 자신의 그늘로 형제들을 시원하게 해주기 위해 희생하니 우뚝선 장남형이고, 가

을의 평지목(平地木)은 둥근 열매가 만숙되어 금(金)인 자신만 희
생되는 것 같아, 떨어지지 않으려고 애쓰다가 결국은 떨어져 버리
는 것과 같다.

이와같이 처음에는 매우 단단하고 꼿꼿한 것 같으나, 나중에는
어쩔 수 없이 희생되는 격이다.

직업은 금융기관이나, 다른 기관일지라도 금전을 취급하는 부서
가 좋으며, 사교면으로는 미두(眉頭)가 서 있으니 남에게 머리를
굽히지 않으려는 성격때문에 불리한 편이다.

성격은 미두(眉頭)가 서 있고 미(眉)의 꼬리가 잔잔하게 숙여졌
으니, 처음에는 무섭지만 나중에는 따뜻하게 대하는 장남형의 성
격이다.

금미(金眉)인 사람은 울긋불긋한 단풍잎과 무르익은 과일이 주렁
주렁한 가을나무이므로 호화찬란한 주택이 좋다.

주택궁에 적용되는 눈썹은 울타리에 해당되니 금미(金眉)는 금담
장이라는 뜻이고, 중앙인 코부위에서 보면 눈썹은 담장이고 지붕
이 되니, 금미(金眉)는 기와지붕이란 뜻으로 좋은 주택임을 의미
한다. 형제는 5~7남매가 된다.

(5) 수미(水眉)

연못의 수초를 상징하는 수미(水眉)는 시냇물처럼 잔잔하고 부드
러운 반달모양이며, 금미(金眉)에 비해 훨씬 가늘고 부드러운 눈
썹이다.

물은 지혜롭고 온순하며 부드러운 것이 특징이니, 수미(水眉)의 성격은 침착하고 온순하여 문학이나 과학 또는 법학 등을 전공하면 좋다. 계획을 세워서 착실하게 서서히 정진하면 좋다.

형제나 부부간에도 화목하게 지내며, 상부상조하는 정신이 투철하여 6~7형제가 되어도 크게 발전한다.

만일 여자가 금액(金額)에 수미(水眉)이면 금생수(金生水)라 하여, 금(金)은 음(陰)이고 물도 음(陰)이므로 음지인 집안에서 가사에 몰두하며 관록의 아내가 되며, 여기에 목목(木目)을 더한다면 금상천하로 귀부인이 된다.

특히 목국인(木局人)과 금국인(金局人)은 대길하나 투기를 하는 것은 불리하다.

4. 목부위(目部位)

목부위(目部位)는 화부위(火部位)에 속하며 남녀가 각각 다르다. 남좌여우(男左女右)로 남자는 좌목(左目)을 태양으로 보며, 강렬하고 광채가 있어야 좋은 눈이라고 할 수 있고, 여자는 우목(右目)을 달로 보고 부드러우며 맑아야 좋다.

해와 달이 밝고 맑아야 화창하고 기분이 상쾌하듯이 두 눈도 마찬가지인 것이다. 눈은 광채로 마음의 선악과 운의 길흉을 판단하는데 가장 큰 비중을 차지한다.

(1) 목목(木目)

가늘고 단정하며 부드러워 보이는 눈으로 봄나무에 비유된다.

목목(木目)은 사계가 시작되는 것처럼 먼 시야로 고상한 꿈을 꾸며, 따뜻한 시기가 되어 나무가 자라고 생기를 얻으니 남녀 다같이 귀인의 눈이라고 할 수 있다.

남자가 목목(木目)이면 목생화(木生火)하여 크게 형통하는 눈으로, 기술자는 이 부위에서 크게 성공하고, 관리는 큰 인물이 되며 사업가는 부자가 된다.

여자가 목목(木目)이면 가정을 착실하게 돌보니 화목하고, 이 부위에서 가정이 순조롭게 풀려간다.

(2) 화목(火目)

너무 튀어나온 눈, 너무 둥글고 강한 눈, 지나치게 반짝이는 눈, 삼각형의 눈, 삼백목(三白目), 흰자위가 너무 많은 눈, 눈꼬리가 너무 위로 올라가거나 내려간 눈 등을 화목(火木)이라 하는데 이런 눈은 전반적으로 불길하다.

남자의 눈은 태양에 해당하므로 정신이 강하면 크게 형통할 수 있지만, 반대로 너무 지나치면 35세에서 40세 사이에 큰 재난이 생긴다.

만일 살기(殺氣)가 있으면 아내가 사망하거나 이별의 탄식이 있고, 때로는 자신이 옥중생활의 환을 겪으며 신액(身厄)이 따른다.

여자의 눈은 맑고 부드러워서 달과 같아야 정상인데, 그렇지 못하고 화목(火目)이니 불길하다.

자식을 극(克)하고 부부에게는 사별이나 이별운이 있으며, 외방의 음란과 공방의 환(患)이 생기고, 신액(身厄)이 연달아 발생하여 화위화(火爲火)로 적용된다.

불은 불규칙한 것과 한여름인 오뉴월의 강렬한 햇빛을 뜻하니, 여자가 화목(火目)인 경우에는 달이 태양의 노릇을 하는 격으로, 여자가 남자의 역할을 해야 하니 호주가 되는 것을 의미한다.

여자는 음화(陰火)이니 적당한 빛을 발해야 함에도 불구하고, 너무 강렬한 빛을 발하면 양화(陽火)가 되어 좋을리가 없다.

예를 들어 200V 정도의 불빛이 적당한 공간에 700V의 전구를 밝혔다면, 눈이 부셔서 불을 꺼버리거나 밖으로 나올 수 밖에 없을 것이다.

다행히 과부가 되지 않고, 살이 약하다면 살기(殺氣)를 지우기 위해서 남자처럼 직업전선에서 활동해야 하고, 그래도 살기(殺氣)가 전부 지워지지 않을 때는 부부이별이나 사별이 따른다.

화목(火目)을 각 형태별로 자세히 설명해 보면 다음과 같다.

삼각형의 눈은 짐을 지나치게 많이 실은 말이 너무 힘이 들어서 얼굴의 근육에 힘을 주기 때문에, 눈이 삼각형이 되는 것으로 비유해 짐을 많이 실은 말처럼 고된 팔자이다.

또한 삼각형은 도형상의 면적이 밑변×높이÷2에서 알 수 있는 것처럼, 사각형의 반으로 나뉘어지는 것이어서 반 남자역으로 팔자가 센 운명이라고 할 수 있다.

삼백목(三白目)에도 두가지 형태가 있는데, 한가지는 하련삼백목(下連三白目)으로 눈동자가 윗쪽으로 올라가서 흰자위가 양옆과 아래로 연결된 형태이다.

이와같이 하련삼백목(下連三白目)은 해와 달이 지는 격으로, 만일 달이 지는 서산을 향해서 걷고 있다면 곧 어두워질 것이고, 어두워지면 사나운 맹수나 강도에게 횡사를 당할 것이니, 신경이 날카로워지고 안절부절하여 안착하지 못한다.

그리고 상련삼백목(上連三白目)은 눈동자가 아래로 내려와 흰자위가 윗쪽에 붙어있는 모양의 눈이다.

이런 눈은 동산에서 떠오르는 해와 같이 햇빛이 약하면서 남의 집 안방까지 스며들었으니, 남의 유부녀를 탐내는 것처럼 음흉하고 간사한 성격이어서, 자칫 잘못하다가는 몽둥이를 맞는 형편이 되니 어리석은 눈이다.

그리고 눈의 흰자위에 붉은색이 생기면, 눈동자는 해와 달이고 흰자위는 하늘인데 하늘에 북세가 뜬 격이다.

그러니 비가 올 징조로 대기권의 기압이 내려가고 습기가 많아져, 온갖 잡귀가 발동하여 하늘이 먹구름으로 뒤덮히며 비가 내리니, 화목(火目)인 여자는 일을 복잡하게 벌여놓고 바쁘게 서둘러서 수습하기 때문에 당황하게 된다.

외방과 음란 등 신병(身病)이 연달아 일어난다.

(3) 토목(土目)

금목(金目)에 비해서 약간 짧으나 후중하며 방방해서 눈동자의 좌우거리가 정확한 모양을 말한다.

화생토(火生土)하여 남녀 모두 다같이 수확기를 앞둔 초가을의 들판과 같아, 가정적이며 현실주의로 문서를 취득하고 집이나 농토를 마련하여 점점 재산을 늘려간다.

상업인인 경우에는 매기운이 좋고, 자식이 없던 사람도 이 부위에 오면 자식을 얻을 수 있다.

남녀 모두 다같이 대운은 못되나 중간은 된다.

(4) 금목(金目)

목목(木目)에 비해서 다소 짧으며 폭이 좀더 넓고 다정해 보이는 눈이다.

금목(金目)은 가을의 해와 달이며 본부위가 불이니, 불 속에 들어간 금(金)처럼 빛이 나지만, 금(金)자체는 줄어들기 때문에 명예는 있지만 재산은 소모되는 수가 많다.

남자가 금목(金目)이면 재산에는 다소 소모가 따르나, 명예나 승진 그리고 교재운이 좋아 많은 일들이 이루어지는 편이다. 단 가을의 태양은 남을 위해 바쁜 것으로도 적용된다.

여자의 경우에는 화극금(火克金)을 당하니, 빛을 내기 위해서 낭비가 많고 저축하는 마음이 약하다.

그리고 권위나 자부심이 강해 자칫 잘못하면 자유부인이 되는 수가 있는데, 가을달 아래 풍족한 곡식이 많다는 것을 알고 눈을 돌리기 때문이다.

(5) 수목(水目)

눈이 유난히 크고 눈물기가 있으며, 소의 눈과 같이 총기가 약해 보이는 눈을 말하며, 큰 바다를 상징한다. 바다는 깊고 광활하므로 눈꺼풀도 두껍다.

절기로는 겨울의 해와 달같이 낮에도 싸늘해서 태양의 열기를 아쉬워 하고 하늘은 변덕이 심하다.

남자의 경우에는 눈의 본부위가 화(火)이므로 수극화(水克火)가 되어 수명에 지장이 있지만, 추운 겨울철의 태양이니 누구나 태양을 좋아하고 부러워하기 때문에 부자로 산다.

한편 겨울에는 날씨가 변덕스러우니 35세에서 40세 사이에서 이제까지 순조로웠던 일들이 갑자기 겨울날씨처럼 돌발적인 재난이 생겨 놀라는 일이 많다.

여자는 눈이 수극화(水克火)이므로 차가운 동절기의 달에 비유되어 달이 휘엉청 떠오르기는 했으나, 추운 겨울밤이라 달을 벗삼아 산보하는 사람도 드물고 갑자기 구름이 끼기도 하니, 긴긴 밤을 혼자서 외롭게 떠있어야 한다.

그래서 수목(水目)의 여자는 혼자서 다른 사람을 의식하지 않고

독자적이고 독립적인 생활을 하게 되며, 부부공방이 많고 뜻하지 않은 재난을 당할 때가 많다.

5. 비부위(鼻部位)

코는 얼굴의 중앙에 있어 나(我)라는 뜻이다. 나(我)없이는 누구도 있을 수 없고 동서남북의 사방도 있을 수 없다. 모든 것이 나(我)라는 존재를 중심으로 있듯이 얼굴의 사방을 종합하는 곳이 바로 코이다.

우주에 비유하면 지구가 중심이 되며, 지구가 없다면 우리가 살지 못하니, 코도 역시 우주에서의 지구와 같다.

또한 오성(五星)의 정기를 받아들여 지구에 오행(五行)이 생겼듯이, 얼굴에서도 오행(五行)을 종합하는 총본부가 비부위(鼻部位)이므로 가장 중요한 곳이라고 할 수 있다.

이러한 비부위(鼻部位)는 남녀 다같이 41세에서 50세까지 10년 동안의 운세와 재산, 건강, 명예 등을 본다.

(1) 목비(木鼻)

나무는 가늘고 긴 것이 특징이므로 좁고 높으며 균형있게 생긴 코를 말한다.

목비(木鼻)는 본부위가 토(土)이니 목극토(木克土)하여, 나무를 자주 옮겨 심으면 튼튼하고 왕성하게 자라지 못하니, 처음의 자리를 지키는 것이 좋다. 보수적인 것이 좋고 사업의 확장은 삼가하는 것이 좋다.

관리직은 통운이지만 승진은 없고, 농업이나 노동직 또는 과수원이나 원예업자는 길하다.

만일 여자가 목비(木鼻)이면 남자의 파란을 겪으며, 과수업이나 원예업 등의 나무에 관계된 직업에 종사하는 사람은 부부의 파란이 감소된다.

(2) 화비(火鼻)

불이 불규칙한 것처럼 일정한 모양이 없이 각양각색이다.

예를 들면 산근(山根)이 빈약하거나 연상부의 골(骨)이 튀어 나왔거나, 코끝인 준두(準頭)와 난대부위(蘭坮部位)가 빈약하고, 콧구멍이 지나치게 드러나 보이는 것 등으로 불규칙하고 정상적인 모양이 아니다.

이런 화비(火鼻)인 사람은 기복이 심하지만 의지력이 강하여 천한 직업으로 기적적인 성공을 하는 경우도 있지만, 귀인도 부자도 되지 못하는 천한 상이다.

남자는 고물상이나 기술자 등이 천직이고, 여자의 경우는 과부가 되지만 의지력이 있어 천한 직업으로나마 자립하여 고난을 이겨나간다. 들판에 가뭄이 든 격이니 고될 수 밖에 없다.

(3) 토비(土鼻)

오곡이 무르익어 가는 초가을의 들판처럼 넓고 평평한 모양으로 산근(山根)에서 준두(準頭)까지 비슷하게 잘 되어 있으나, 금비(金鼻)에 비하여 정위난대부위가 둥글지 않고 칼로 자른듯한 모양이다.

이러한 토비(土鼻)는 분수를 지키면 길하고, 전업에 전념해 계속 추진하면 대기업이 될 수이지만, 동업이나 직업변경, 이사 등은 좋지않다.

이지법(理智法)으로 설명하면 토(土)는 초가을 들판이므로 덜익은 곡식을 미리 수확해도 손해이고, 익어가는 벼를 옮겨 심어도 손해이며 팔아도 손해이니 그대로 잘 가꾸며 익도록 두는 것이 상책이다.

다시 말해서 흙을 파헤치거나 북돋아 보아도 그대로 두는 것 보다 못하고, 자연의 자태만 잃게 되어 손해가 된다는 뜻이다.

(4) 금비(金鼻)

짐승의 쓸개를 매달아 놓은 것처럼 콧망울이 둥글며, 콧구멍이 보이지 않고 끝이 잘 뭉쳐져 있는 모양으로 가장 좋은 코의 모양이다.

금비(金鼻)의 남녀는 모두 크게 형통하며 재산도 축재운이 따르고, 특히 여자에게 성공운이 있고 몸이 건강하며 41세부터 50세까지 10년 동안 통운이다.

코의 본부위는 토(土)이니 금비(金鼻)는 토생금(土生金)하여 금(金)은 둥근 것이고 가을이다. 오곡과 만숙된 과일을 생각하면 쉽게 이해할 수 있을 것이다.

(5) 수비(水鼻)

넘실거리는 바다를 상징하며, 금비(金鼻)나 토비(土鼻) 보다도 훨씬 광활하고 덩실하며, 균형이 잡힌 모양으로 큰 코를 말한다.

수비(水鼻)는 본부위가 토(土)이니 토극수(土克水)하여 대기업가가 많으나, 하극상으로 아랫사람에게 해를 당해 상권을 인계하는 경우가 허다하다.

여자가 수비(水鼻)이면 외적으로는 부유하고 행복해 보이나, 내적으로는 빈한한 사람보다도 고통과 고심이 많은 외부내빈이다.

6. 구각부위(口角部部)

남녀 다같이 51세부터 말년까지의 운세를 보는 곳으로 말년의 가택운, 건강운, 그리고 자녀의 번창 관계를 본다.

구각(口角)은 본부위가 수(水)이니 우주에 비유하면 수성(水星)과 같고 멀리는 북극성에 비유할 수 있으며, 지구에서는 대해와 같고 육지에서는 호수와 같다.

또한 코를 중악고산(中嶽高山)으로 보면 인중은 선중수(線中水)

이고, 법령(法令)은 장류수(長流水)가 되며, 구각(口角)은 대해수(大海水)이며, 대해수(大海水)를 좀더 작게 생각하면 호수이다.

호수는 넓고, 깊고, 맑으며, 제방도 튼튼하고 사태가 없으며 주위의 풍경이 아름다워야 많은 물고기들이 안정되게 살 수 있고, 새들과 짐승이 깃들고 관광객들이 드나드는 좋은 호수가 된다.

단 여자는 구각(口角)부위가 음(陰)의 음지이므로 숲이 없는 것이 정상이며, 하체와도 상관이 있어서 음모가 조화있게 우거져야 한다.

예를 들면 여자에게 음모가 없다면 개간지나 황무지에 있는 연못 같아서, 비가 오면 흙탕물이 스며들고 바람이 불면 온갖 먼지가 날아들어 지저분해진다.

또한 눈에 잘 띄는 연못이니, 누구나 손발을 씻는 공동샘처럼 주인이 정해지지 않은 것과 같아서 접대부나 잡부가 많다.

여자의 경우에는 구각(口角)과 하부는 등품관계가 격별하다.

(1) 목구(木口)

가늘고 길다란 나무의 형체로, 입술이 나무토막을 옆으로 눕혀 놓은 것처럼 길고 얇은 것이 특징이다.

구각(口角)의 본부위가 수(水)이므로 수생목(水生木)하여, 처음에는 고생스러우나 점점 좋아진다.

이동하는 일이 많고, 노년에 중심을 잃고 곤경에 처하는 수가 많으며, 자식복은 길흉이 상반된다.

호수가에 나무가 있으면 좋은 것처럼 수염을 기르면 좋다.

(2) 화구(火口)

입모양이 윗입술과 아랫입술이 균형이 맞지 않으며, 불규칙하게 생기고 너무 튀어나온 모양이다.

입은 수(水)인데 화구(火口)이면 수극화(水克火)로 호수에 가뭄이 들어 물이 말라 있는 격이니, 어류가 산다고 해도 불안하여 신경이 날카로울 것이다. 요사나 파산 등이 따르며, 자식복도 약하고 빈천하면서 수명은 길다.

남녀 모두 말버릇이 고약해 귀여움을 받지 못하고 외롭다.

(3) 토구(土口)

구획된 전답처럼 방각(方角)은 잡혔으나 평평해 보이는 입으로, 수구(水口)와 닮았으나 수구(水口)에 비해 얇고 작은 편이다.

60세에 함정에서 나올 때는 토구(土口)이니 흙이 무너지기 쉬워 빠져나오기가 힘들다.

이런 토구(土口)는 자녀문제로 고심이 많고 운의 기복이 심한 편이며, 부동산이나 동산도 점차 줄어 들고 관직자는 퇴직하며 장사꾼은 실패한다.

또한 식생활도 겨우 연명하는 형편이니 저축이란 있을 수 없고, 위장과 신장의 장애가 많아 오래 살면 고생스럽다.

(4) 금구(金口)

둥그스름 하고 입술이 두툼하여 균형있는 구각(口角)이다.

돌에서 나온 맑은 호수로 둥글게 석축되어 있음을 뜻하니, 60세에 함정에 빠졌다가 다시 나올 때는 석축의 발판을 딛고 순조롭게 나오는 격이다.

금구(金口)는 금생수(金生水)하여 재복이 상승하는 운세이고, 건강해서 수도를 해도 오래하며, 관직자는 노년에 신망을 얻으니 대지대망을 성취하여 크게 형통할 수 있는 운이다.

또한 자식이 크게 형통하고 효성과 사회진출 운도 좋다. 얼굴 전체에 금(金)이 네개 이상이면 아주 좋은 관상이다.

(5) 수구(水口)

크고 넓으며 입술이 두툼한 모양으로 바다를 상징한다.

인간은 누구나 60세가 되면 함정에 빠졌다가 다시 나오게 되어 있는데, 60세가 넘은 수구(水口)인 사람은 바다나 호수에서 걸어나오는 격이다.

균형잡힌 수구(水口)는 바다나 큰 호수처럼 식복이 대단히 많으며 국(局)도 대국(大局)이 되며, 목이(木耳)인 사람이 수구(水口)이면 노년에 자식복이 많다. 그러나 코는 작은데 입만 크면 재산은 없으면서 먹자주의가 된다.

어린아이일 경우에 입은 큰데 눈썹이 짧으면, 눈썹은 어깨나 날개와 같으니 망망대해를 헤엄치는 약한 어깨와 같아 수액(水厄)

또는 익사자가 많다.

7. 명 궁(命宮)

(1) 목명궁(木命宮)

좁고 곧으며 평직한 명궁(命宮)으로, 성격은 고지식하고 인화(仁和)정신이 있으며, 상중하를 연결하는 천인지(天人地) 삼형(三亨)의 대표가 된다. 목국(木局)에서 많이 볼 수 있다.

(2) 화명궁(火命宮)

불규칙하며 상하좌우로 고르지 못하고 난문(難紋)이 많다든가 함하다든가 하며, 불타는 모양에 비유할 수 있다.

변화가 심한 성격이지만 예의에는 민감하다.

(3) 토명궁(土命宮)

네모 모양으로 평평한 논밭과 같아서 무르익어 가는 들판을 상징하며, 성격은 두텁고 무게가 있어 신의가 있고 고집도 약간 있다.

(4) 금명궁(金命宮)

둥글게 보이는 모양으로 성격은 의리가 있고 현실적이며, 물질의 욕심이 많다.

(5) 수명궁(水命宮)

넓고 두터우며 지나치게 넓게 보여 바다를 상징하며, 성격은 지혜롭고 아량이 넓으며 이해심이 많다.

※ 명궁(命宮)과 인연 관계

명궁(命宮)은 상학상(相學上) 제일 중요한 부위로 이목구비(耳目口鼻)를 통제한다.

신의 작용, 정신 작용, 일념에서 마음의 태양처럼 말년운과 인연관계를 집합하여, 사방팔방(四方八方)으로 운기(運氣)를 배당시키는 중요한 사령관과 같이 지휘하며 통솔하는 중요한 본부가 된다.

· 명궁(命宮)과 중정(中亭)~제1인연, 초년의 부부인연
· 명궁(命宮)과 사공(司空)~제2인연, 부부의 재인연
· 명궁(命宮)과 명궁오행(命宮五行)~제3의 인연, 미래의 인연
  등 종합적인 요소
· 명궁(命宮)과 간문(奸門)~제4인연, 순간적인 이성의 인연
· 명궁(命宮)과 산근(山根)~제5의 인연, 동정, 정덕(精德), 인
  연, 뻗어나갈 자신의 기상
· 명궁(命宮)과 와잠~ 제6인연, 자녀의 인연, 자녀 관계로 인연
  이 생겨 고생,

신고하여 정명궁(正命宮)의 길흉의 영향이 크다.

· 명궁(命宮)과 질액궁(疾厄宮)~제7의 인연, 내몸의 지연이니
건강과 질병관계이며, 명궁(命宮)의 색깔이 검고 질액궁(疾厄
宮)이 너무 높거나 너무 낮으면, 신병이 잦으며 다사다난의 피
해가 많다. 질액궁(疾厄宮)이 좋으면 고생하더라도 건강하다.

· 명궁(命宮)과 준두(準頭)~제8의 인연. 준두(準頭)와 명궁(命
宮)이 깨끗하고 좋으면, 운이 크게 열리고 금전의 수입도 좋으
며 매사가 대길하다.

· 명궁(命宮)과 인중~ 제9인연, 명궁(命宮)과 인중이 좋으면 자
식의 수명궁도 좋고, 재산을 물려줄 수 있어 대길하다.

8. 법령(法令)과 턱

법령(法令)과 턱은 구각(口角)을 중심으로 지각이라 하며 본부위
가 수(水)이다.

법령(法令)과 턱은 입을 돕는 것으로 입을 호수라고 보았을 때,
법령(法令)은 산의 계곡에서 흐르는 물과 같고 턱은 저수지 밑에
있는 몽리답과 같은 것이다.

코가 중악태산(中嶽泰山)이고 좌우관골은 동서산악(東西山嶽)이
므로 그 사이에서 물이 모여 흘러 고산유수의 냇물이 되어 감도는

것이다.

　인중은 중악고산(中嶽高山)에서 흐르는 냇물과 같고, 생수 구멍
과도 같은 것이다.

(1) 목법령(木法令) 목(木)턱

　폭이 좁고 상하가 긴 모양으로 목법령(木法令)에 목턱은 수국(水
局)에 목구(木口)이니, 가정의 법도가 균형이 잡혀 자녀가 효도하
며 장수하게 된다.

　본부위인 수(水)에 목(木)이니 수생목(水生木)으로, 만일 입의
오행(五行)과 안면의 오행(五行)이 상극되면 수와 자녀의 상관관
계가 반대의 형상이 된다.

(2) 화법령(火法令) 화(火)턱

　팔자(八)형이거나 길기도 하고 짧기도 하며 여러 갈래로 갈라져
불규칙한 모양이다.

　법령(法令)과 턱이 약하거나 뒤로 후퇴하여 불규칙하게 생긴 모
양은 모두가 화(火)가 된다.

　본부위가 수(水)이니 화법령(火法令)에 화턱이면, 수극화(水克
火)로 계곡의 냇물이 말라 저수지의 몽리답까지 가뭄이 들어 흉년
이 든 격이다.

　가정의 법도가 불안하여 자식복도 없고 말년에 고생수가 있으며,
자녀가 없거나 있다 한들 모두 외지에 나가 버리니 외롭기 한이

없다.

(3) 토법령(土法令) 토(土)턱

본부위가 수(水)이니 토법령(法令)에 토턱이면, 수극토(水克土)로 안면의 국(局)이 토국(土局)이면 방불하나 그외의 국(局)이면 모두 불길하다.

계곡의 장유수(長流水)가 토(土)이니 사태가 나고, 흙탕물이 호수에 떠내려가니 자식복이 약하고 자녀가 정결하지 못하니 자녀때문에 고충이 많다.

괴로운 일이 계속 생겨 재산이 줄고 위장병, 신장병, 당뇨병들이 발생하여 고생한다.

(4) 금법령(金法令) 금(金)턱

본부위가 수(水)이니 금법령(金法令)이면, 금생수(金生水)하여 상합상생(相合相生)하므로 말년에 건강하고 자녀가 번창하며 효자이다.

그리고 화국(火局)이 아닌 사람은 50세 이후에 출세가 따르며 길하다.

(5) 수법령(水法令) 수(水)턱

얼굴이 바다와 같이 넓은 수국(水局)에서 볼수 있으며, 크고 넓게 둥근 법령(法令)에 턱도 넓은 모양으로 균형잡힌 형태이다.

본부위가 수(水)에 또 수(水)이니, 모두 수(水)로 합한다.

안면이 화국(火局)이나 토국(土局)이 아니면 물이 삼합이 되어 바다를 이루는 격이니, 재산도 많이 모이고 자녀도 대성하며 지덕을 얻어 내세에 가서도 좋다.

· 법령(法令)이 둥글고 뚜렷하게 한줄로 생긴 것은 대개 자식복과 말년복이 있다.
· 법령(法令)이 팔자로 벌어져 여러갈래로 되어 있으면 자식과 인연이 없다.
· 법령(法令)의 밖에 두줄이나 세줄로 반복된 법령(法令)은 줄의 수대로 뒷집을 의미하며, 작은 집을 둔다.
· 법령(法令)이 끊어지고 바깥쪽을 연결해 재법령이 된 사람은, 본래의 재산을 자식에게 주고 말년에 다시 벌어서 여생을 마치게 된다.
· 법령(法令)이 입을 넘지 못하면 60세 안에 수명이 다한다.
· 법령(法令)의 끝이 입으로 들어가면 발이 함정에 빠진 격이니, 이사를 해야 한다.
· 법령(法令)의 좌우장단으로 부모나 부부선후망을 알 수 있다.

3. 안면(顏面)의 각 부위별 상생상극(相生相克) 관계

1. 이(耳)와 액(額)

초년운에 해당하며 1세에서 10세까지는 귀에서 보고, 15세에서 30세까지는 화성(火星)인 액부위(額部位)에서 본다.

부모의 유무(有無), 초년의 건강, 학업이나 진학, 초년 결혼의 길흉, 관록의 유무(有無), 직업의 선택 관계 등을 본다.

연령의 숫자도 1·2는 木, 3·4는 火, 5·6은 土, 7·8은 金, 9·10은 水로 적용한다.

· 목이(木耳) 목액(木額)

남자가 만일 오목(五木)이면 천재적인 문학가로, 물질에는 약하나 정신은 풍부하여 학계 진출이 길하며 상지중(上之中)이다.

여자의 경우는 신체는 허약하나 문학에 소질이 있고, 정신적인 직업에 종사하는 사람이 많다. 남편덕은 약하며 재운은 하지중(下之中)이다.

· 목이(木耳) 화액(火額)

남자는 빈천한 가정에서 태어나 크게 고생한 후 점점 좋아진다.

여자는 빈천하지만 지적이고 민감하다. 30세 전에 결혼에 실패하며 자수성가한다.

· 목이(木耳) 토액(土額)

남자는 기술직이나 농업이 좋고 관운은 약하다. 중지하(中之下)이다.

여자는 빈천하지만 노력끝에 점점 유복하게 되며 중지하(中之下)이다.

· 목이(木耳) 금액(金額)

남자는 조실부모하고 초년부터 비약적으로 발전하지만, 가정운이 약하고 하지중(下之中)이다.

여자는 편친슬하에서 유년시절을 불행하게 보낸다. 자수성가로 30세 전에 일승일패한다. 재혼할 팔자로 중지하(中之下)이다.

· 목이(木耳) 수액(水額)

남자는 빈천한 가정에서 태어나지만, 30세 이전에 기반을 닦아 부자가 되며 중지중(中之中)이다.

여자는 목생수(木生水)로 상생(相生)이 된 것 같으나 액부위(額部位)가 수(水)로 수극화(水克火)하여, 빈곤한 가정의 자녀가 어쩌다 좋은 가문에 시집갔다 하더라도 파산한다.

시부모와 원진살(元嗔殺), 파살(破殺), 해살(害殺), 상부살(傷夫殺) 등이 있다.

· 화이(火耳) 목액(木額)

남자는 유년시절 빈약하여 병고가 많고, 기술직에 종사하면 길하다. 재산운은 중지하(中之下)이며, 간혹 하지상(下之上)인 경우도 있다.

여자는 특기는 있으나 초년에 역경 속에서 풍상이 많다. 기술직이 무방하며 부부궁은 자유결혼이 길하다. 중지하(中之下)이다.

· 화이(火耳) 화액(火額)

남자는 불행하며 요사하는 격이고, 하지하(下之下)이다.

여자는 빈한한 가정에서 태어나 구사일생으로 환난이 많다. 유년시절은 난폭하고 사생아로 고생하며 불효한다.

조실부모로 불행한 팔자이며 범죄자가 90%나 된다. 재산운은 하지하(下之下)이고 부부궁도 실패운이다.

· 화이(火耳) 토액(土額)

남자는 고생한 후에 길하게 되고 중지하(中之下)이다.

여자는 초년에 고생하고 15세 이후부터 점점 좋아져 큰 부자가 된다. 수명은 짧고 부부궁은 처음에는 나쁘다가 점점 좋아져 재결합하게 된다.

· 화이(火耳) 금액(金額)

남자는 부모복은 약하나 자수성가하여 이름을 떨치게 되며, 점점 유복해진다.

여자는 감투를 좋아하며 투기성이 강해 객지에서 이름을 얻지만, 실속이 없으니 조득모실(朝得暮失) 하는 격이다. 부부궁은 연하의 남자를 만나고, 중지하(中之下)이다.

· 화이(火耳) 수액(水額)

남자는 불행한 가정에서 태어나서 부자가 되면 요사하는 격이다.

여자는 15세 전에 죽을 고비를 넘긴다. 초년은 외부내빈으로 기복이 많고 부부궁은 첩이 되는 수가 많으며 재혼할 팔자이다. 재산운은 중지하(中之下)이다.

· 토이(土耳) 목액(木額)

남자는 반관(半官)이나 반민(半民)으로 기술직이나 건축계 진출이 길하며, 중지상(中之上)이다.

여자는 평범한 가정에서 태어나 15세에서 30세 사이에 가정이 파산하여 부모는 동서로 분산되고, 농촌에서 도시로 나와 공장에서 고생한다. 부부궁은 서로 노력해야 되며, 재산운은 중지하(中之下)이고, 자식은 딸을 먼저 낳는다.

· 토이(土耳) 화액(火額)

남자는 평범한 가정에서 태어나 30세 전에 고비를 겪고 점점 좋아지며, 중지하(中之下)이다.

여자는 15세까지 평범한 가정생활을 하며, 20세에서 30세 사이에 결혼과 재산의 풍파를 겪는다. 부부궁은 24세, 29세, 30세 때를 조심하면 점차로 좋아지고 중지하(中之下)이다.

· 토이(土耳) 토액(土額)

남자는 동양의 표준형으로 침착하고 완고하며, 어떤 역경도 이겨낸다. 크게 활동하여 대성하며 중지상(中之上)이다.

여자는 점점 재산을 모아 실속있는 알부자가 된다. 부부궁도 다정다감 하고 중지중(中之中)이다.

· 토이(土耳) 금액(金額)

남자는 14세 이전에는 빈한하다가 15세부터 30세 사이에 좋아지며, 중지상(中之上)이다.

여자는 침착하며 보수적인 편이고 고유재산을 한꺼번에 파산한 이후에 다시 재기한다. 부부궁은 다소 고난이 있으나 비교적 좋으며 중지중(中之中)이다.

· 토이(土耳) 수액(水額)

남자는 보통 가정에서 태어나 30세 전에 일시에 큰 돈을 횡재했다가 일시에 잃는다. 중지중(中之中)이다.

여자는 장년이 불길하다. 재산복은 급재난 격이고, 부부궁도 수극화(水克火)로 크게 실패하며, 중지하(中之下)이다.

· 금이(金耳) 목액(木額)

남자는 보통 가정에서 태어나며 재산은 파산하는 격이고, 부모와 형제를 등지고 타향으로 떠난다. 중지하(中之下)이다.

여자는 15세까지 부유한 가정에서 생활하지만 23세, 24세에 공방과 이별의 환(患)이 생긴다. 대개 50%정도는 부부궁이 불길하다. 하지중(下之中)이다.

· 금이(金耳) 화액(火額)

남자는 보통 가정에서 태어나고 23세, 24세에는 기복이 심하다. 중지하(中之下)이다.

여자는 결혼 전에는 좋으나, 초혼은 실패하고 자식이 없어 부부의 환(患)을 겪는다. 재혼할 팔자로 30세까지 직업을 가지면 액을 면할 수 있다. 재산운은 하지중(下之中)이다.

· 금이(金耳) 토액(土額)

남자는 길흉이 상반되며 중지중(中之中)이다.

여자는 정통가문에서 태어나, 행실이 정직하고 품행이 단정하며 문학에 재능이 있다. 대개 23세에 이성의 인연을 만난다.

직장생활을 하며 대지대망의 꿈을 갖게 되며, 부부궁도 좋고 초년에 아들을 먼저 낳은 후에 딸을 낳는다. 재산운은 중지상(中之上)이다.

· 금이(金耳) 금액(金額)

남자는 강직하고 활동적이며, 집념이 강하여 전진 몰두하는 성격이다. 재산운은 중지상(中之上)이다.

여자는 운세가 강하여 맹돌적으로 투쟁하며, 고집이 강해 파란곡절이 많다. 자식궁은 오실(五實) 중 삼실(三實)이고 재산운은 중지하(中之下)이다.

· 금이(金耳) 수액(水額)

남자는 평범한 가정에서 태어나 재산이 풍부해지고 고관이 되지만, 헛점이 많아 문제가 자주 생긴다. 상지중(上之中)이다.

여자는 초년에는 순조로우나 15세에서 30세까지는 유람하는 격으로 부정하는 수가 많다. 초년의 의식은 좋고 부부궁도 다정다감하다. 중지하(中之下)이다.

· 수이(水耳) 목액(木額)

남자는 부호의 집안에서 태어나지만, 갑자기 16세부터 25세 사이에 가정에 곡절이 생겨 불리한 운세가 된다.

여자는 거부의 집안에서 태어나 초년에는 길하다가 한번 탕진한 이후에 다시 재기한다. 중지상(中之上)이고 부부궁도 좋다.

· 수이(水耳) 화액(火額)

남자는 명문의 집안에서 출생하여 유년에는 행복하게 자란다. 몸은 비대하다가 청년기에 접어들어 갑자기 야위고 19세, 20세, 29세에 부모를 잃는다. 부모유산에 파액이 있고 부부관계도 나쁘며 실패한다.

여자는 명문가정에서 출생하지만 남편복은 없고, 재혼할 팔자이며 자식복도 약하다. 하지중(下之中)이다.

· 수이(水耳) 토액(土額)

남자는 어릴 때부터 총명하나 장내에 질병이 많다. 그러나 점차로 육성되어 대성할 운이다.

14세, 15세, 16세에 가정에 큰 변화가 생기며, 생활력이 강한 여자와 결혼하게 된다. 재산운은 중지상(中之上)이다.

여자는 14세까지 부호의 가정에서 자라다가, 15세부터 점차 불운의 폭풍에 접어든다. 19세, 26세, 29세에 큰 액이 있어 실패하는 수가 있다.

결혼운은 상류가정의 맞며느리가 되어 의식은 풍부하지만, 정신적인 고통을 겪는 사람이 많다. 부부금슬은 점점 좋아진다.

· 수이(水耳) 금액(金額)

남자는 정상적인 부호형이며 성격이 온화하고 유순하다. 20세 이후에 다소 낭비하나 소년공명(少年功名)하며, 선견지명이 있고 지식층의 미녀와 결혼한다. 재산운도 상지중(上之中)이다.

여자는 부호의 가정에서 태어나지만 15세에서 30세 사이에 다소 장애가 있다. 부부애정은 좋으며 조업(粗業)을 지켜 점차 부운으로 치닫는다.

· 수이(水耳) 수액(水額)

남자는 비교적 비대하고 영양질이며, 온순하고 인정이 많아 적선하는 형이며 인정을 베풀다가 실패하기도 한다.

초년에는 기복이 있고 흥패가 심하다. 처궁은 양처형이며 재산운은 중지중(中之中)이다.

여자는 만일 수(水)가 하나만 더 있으면 대부 격으로 인자한 인물이며, 수(水)가 셋 이상이면 중지상(中之上)이다.

부부궁은 가난한 남편을 만나지만 그날부터 집안이 일어나, 대길하고 자손도 번창한다.

2. 액(額)과 미(眉)

중년의 초반기 운으로 대개 30세에서 34세까지이며 형제, 주택, 성격, 교제, 두뇌, 직업 등을 본다.

· 목액(木額) 목미(木眉)

남녀 다같이 30세부터 4년 동안은 투기에 실패한다. 문학적 소질이 있고 기술업, 공업, 연구직에는 천재적이며, 손재주가 많고 사교적이나 신경질적인 형이다.

· 목액(木額) 화미(火眉)

남녀 다같이 31세부터 4년 동안은 투기에는 실패한다. 고생하다가 점차로 안정되는 형이다.

· 목액(木額) 토미(土眉)

남녀 다같이 기술직이나 농업에 종사하면 좋다. 중지하(中之下)이다.

· 목액(木額) 금미(金眉)

남녀 모두 30세 전에 있던 재산을 31세에서 36세 사이에 잃는다. 편친슬하이고 재산운은 30세 전에 두번 실패할 수이며 일승이패(一勝二敗) 할 운이다. 하지중(下之中)이다.

· 목액(木額) 수미(水眉)

남녀 모두 31세에서 40세 사이에 크게 성공한다. 재산궁은 중간 정도이며 부부애정은 아주 좋다.

· 화액(火額) 목미(木眉)

남녀 모두 31세부터 차분하게 고향의 형제를 돕는다. 15세에 조실부모나 병고의 액이 있지만, 건실하게 노력하면 생활의 궁색은 면한다. 20세부터 점차로 좋아지며 하지중(下之中)이다.

· 화액(火額) 화미(火眉)

남녀 모두 15세에서 40세까지는 건달생활을 하며, 칠난팔기(七亂八起)의 기복이 극심하다. 부부궁도 삼처(三妻)나 삼가(三家)팔자이다. 하지하(下之下)이다.

· 화액(火額) 토미(土眉)

남녀 다같이 35세부터 끈기있게 노력한다.

남자는 처복이 다소 있고 여자는 초년에는 질병으로 고생하다가 20세가 넘어 점차 운이 열린다. 농업이나 상업 또는 노동직에 종사하면 좋다. 중지하(中之下)이다.

· 화액(火額) 금미(金眉)

남자는 31세, 32세는 오행상(五行上)으로 木, 33세, 34세는 火,

35세, 36세는 土, 37세 38세는 金, 39세 40세는 水로 적용한다. 아내를 잃고 형제간에 불행이 계속된다.

여자는 강직하고 완고하나 장애가 많고 고독한 팔자이다. 재복이 있으면 남편이 없고, 남편이 있으면 가난하게 산다. 하지중(下之中)이다.

· 화액(火額) 수미(水眉)

남자는 31세부터 운이 피기 시작해 발전하며, 형제와 친구들과도 화목하여 40세 전에 대성한다. 재물운은 하지상(下之上)이다.

여자는 삼가(三嫁)팔자이며, 가난한 자가 부를 얻으나 일장춘몽과 같은 격이다.

· 토액(土額) 목미(木眉)

남자는 30세 전보다 운수는 보수하는 것이 좋다. 중지하(中之下)이다.

여자는 심성이 온화하고 유순하다. 착실해서 꾸준한 노력으로 중류 정도의 생활은 충분히 누린다.

· 토액(土額) 화미(火眉)

남자는 31세에서 35세 사이에 가정과 가옥을 파산한다. 중지하(中之下)이다.

여자는 20세에서 30세 사이에 친정이 파산하고, 시댁에는 고독패

살(苦獨敗殺)이 많고 가는 곳마다 팔패살(八敗殺)이 있다. 성격이
난폭하고 질투심이 강하여 살인을 저지를 수 있는 성격이다. 중지
하(中之下)이다.

· 토액(土額) 토미(土眉)

남녀 모두 초년에 다소 전진하는 형상이다. 부동산을 구입하거나
취급하면 길하다.

· 토액(土額) 금미(金眉)

남자는 31세에서 34세 사이에 금전을 낭비하고 불상사가 있다.
중지하(中之下)이다.

여자는 점차로 가운이 번창하고 행운이 온다. 생활력이 강하며
사회활동을 한다. 중지하(中之下)이다.

· 토액(土額) 수미(水眉)

남자는 31세에서 40세 사이에 성공하지만, 만일 화목(火目)인 경
우에는 35세에서 40세 사이에 다시 실패한다.

여자는 친정은 평범하나 31세에서 35세 사이에 생활이 풍족해지
며, 친정의 고독한 형제를 돕다가 부부상쟁이 되어 이별하는 수도
있다.

· 금액(金額) 목미(木眉)

남녀 모두 30세까지 여유있는 생활을 하지만, 31세에서 34세 사이에 형제나 친구 또는 부부사이가 불리하며, 여러사람에게 피해를 당한다. 성격이 포악하여 소송피해를 보는 수가 있다.

· 금액(金額) 화미(火眉)

남녀 모두 한번의 모험으로 실패해 재산을 낭비하며, 여자는 주장이 강한 성격이고 간부(間夫)를 즐긴다.

· 금액(金額) 토미(土眉)

남자는 비교적 착실하고 온화한 성격이며, 30세에는 관직이나 회사원이 대부분이고 일확천금의 혜택을 받은 사람이다. 중지상(中之上)이다.

여자는 30세 전에 비교적 남편을 내조하는 정신이 강하며, 집안에서는 잘하지만 외부사람에게는 인색하다. 중지상(中之上)이다.

· 금액(金額) 목미(木眉)

남녀 다같이 대개 문관보다 무관이 많고, 살생지의 성격으로 남을 장악하며 모험을 즐기는 형이다. 금전의 낭비가 심해 기복이 많다.

여자는 일찍 결혼하면 실패하고, 주장이 강하고 성품도 강직하다. 재산운은 중지상(中之上)이다.

· 금액(金額) 수미(水眉)

남자는 점차로 부유해지며 가정이 화목하고, 31세가 넘으면 대길한다. 안전주의로 다소 소심한 편이다.

여자는 관록의 부인형으로 지성적이고, 가정에 열중하며 우애있게 지낸다. 중지상(中之上)이다.

· 수액(水額) 목미(木眉)

남자는 자존심이 강하고 이기적이며 과격한 성격이다. 초년에는 돌진하나 화극수(火克水)가 상극(相克)이니 무관으로는 평범하지만, 다른 것으로는 길흉이 상반된다. 31세에서 34세 사이에 좋으며 재산운은 중지하(中之下)이다.

여자는 효행심이 부족하고, 주장이 강한 성격이어서 자신이 활동하지 않으면 안된다. 형제덕은 없고 중지하(中之下)이다.

· 수액(水額) 화미(火眉)

남자는 31세에서 36세 사이에 파산하는 격으로 기복이 심하다. 15세에서 30세까지 세번의 직업변경이 있고, 투기성이 강하여 재산을 탕진한다. 3승3패의 액에 처하며, 형제간에 이기적으로 다툰다. 재산은 하지중(下之中)이다.

여자는 대개 과부가 되거나 이별의 환(患)이 있다.

· 수액(水額) 토미(土眉)

남녀 다같이 31세에서 35세까지 음성적인 활동이 길하며, 재산은 중지하(中之下)이다.

· 수액(水額) 금미(金眉)

15세에서 30세까지 재산은 하지중(下之中)이다. 31세에서 34세 사이에는 외부내빈이며, 필히 조업(粗業)을 파산한다.

· 수액(水額) 수미(水眉)

남자는 31세에서 35세 사이에 서서히 재산을 모을 수이며, 만일 목목(木目)이나 금목(金目)이면 대성한다. 중지중(中之中)이다.

여자는 대부호의 집안에서 출생해, 고생을 모르고 낭비가 심해 재산이 감소한다. 시댁이 풍부하지 못하면 친정 재산을 소모한다.

3. 미(眉)와 목(目)

대개 31세에서 40세까지의 중년운으로 형제, 부부, 자궁, 주택, 수명 등을 본다.

· 목미(木眉) 목목(木目)

남자는 문학적 소질이 있고 기술계통의 연구나 문학가가 되면 크게 명성을 떨친다. 재산운은 평범하다.

여자는 예민하며 부지런해서 노력은 많이 하지만 공적이 적다.

· 목미(木眉) 화목(火目)

남자는 31세에서 34세까지는 적었던 운을 35세에서 40세 사이에 크게 확장하여 강력하게 돌진한다. 재산운은 중지중(中之中)이다.

여자는 35세에서 40세 사이에 외방음란(外房淫亂)을 조심해야 한다. 재산운은 중지하(中之下)이다.

· 목미(木眉) 토목(土目)

남자는 35세에서 40세까지 부동산을 구입하면 길하고 상업이나 투기업은 불길하다.

여자는 35세에서 40세 사이에 침체하여 수난을 겪는다.

· 목미(木眉) 금목(金目)

남자는 31세에서 34세 사이에 점차적으로 안정되다가, 35세에서 40세 사이에 화극금(火克金)으로 재산에 손해가 따른다.

여자는 35세에서 40세 사이에 파산의 환(患)이 있다. 하지중(下之中)이다.

· 목미(木眉) 수목(水目)

남녀 다같이 형제간에 우애가 있고 재산도 점차 늘어나며, 성공의 문턱에 이르나 신체상의 장애가 많다.

· 화미(火眉) 목목(木目)

남녀 다같이 31세에서 34세에 투기로 인하여 몇번 전복되다가, 35세에서 40세 사이에 크게 운이 열려 비약적으로 성공한다. 중지상(中之上)이다.

· 화미(火眉) 화목(火目)

남녀 다같이 화(火)가 너무 성하기 때문에 31세에서 34세까지 보다 35세에서 40세 사이에 태양부위에 집중하여 큰 환난이 생긴다. 재산운은 하지하(下之下)이고 여자는 99% 실패할 수이다.

· 화미(火眉) 토목(土目)

남녀 다같이 점차적으로 성공한다. 35세에서 40세 사이에 재산운이나 관운이 모두 길하다. 재운은 중지중(中之中)이다.

· 화미(火眉) 금목(金目)

남자는 칠난팔기(七難八起)의 기복이 있으나, 활동력이 강해 명성을 얻는다. 그러나 재산운에는 문제가 많다.

여자는 자기 자신의 활동으로 생계를 유지해야 한다. 하지중(下之中)이다.

· 화미(火眉) 수목(水目)

남녀 다같이 다정다감한 성격이나 희비가 상반되는 변태성이 있다. 화극수(火克水)가 상극(相克)이므로 무슨 일이든지 자신을 믿고 하려고 하지만, 의외의 재난으로 실각한다. 신액(身厄)과 형살(刑殺)이 따른다. 하지중(下之中)이다.

· 토미(土眉) 목목(木目)

남자는 과수원이나 농산물같은 자연물을 취급하면 크게 성공한다. 재산운은 중지상(中之上)이다.
여자는 상업이나 기술직이 많다.

· 토미(土眉) 화목(火目)

남녀 모두 다같이 농촌에서 31세에서 34세까지 갖고 있던 부동산을 팔아 변동하면 완전히 파산하는 수난을 겪는다. 하지중(下之中)이다.

· 토미(土眉) 금목(金目)

남녀 다같이 침착하다. 기회를 포착해 크게 확장해서 성공하지만 기복이 따른다. 중지하(中之下)이다.

· 토미(土眉) 토목(土目)

남녀 다같이 평생을 농촌에서 보수형으로 몰두하면 성공한다. 재산운은 하지상(下之上)이다.

· 토미(土眉) 수목(水目)

남녀 다같이 부모의 유산을 35세에서 41세 사이에 탕진한다. 시골 사람이 도시로 옮겨 파산하는 사람 중에 토액(土額) 수목(水目)인 사람이 가장 많다.

시골의 부녀자가 돈을 번다고 도시에 나가 신세를 망치는 격이다. 재산운은 하지중(下之中)이다.

· 금미(金眉) 목목(木目)

남녀 다같이 31세에서 34세 사이에 이사를 하면 불행이 따른다. 35세에서 40세 사이에 서서히 운이 전개되어 길하다. 재물운은 중지하(中之下)이다.

· 금미(金眉) 화목(火目)

남녀 다같이 31세에서 34세까지 계속 10년간 체운이 되어 파란곡절이 많다. 하지중(下之中)이다.

· 금미(金眉) 수목(水目)

남녀 모두 31세에서 40세까지 10년 동안 두번 직업을 변경할 액운이 있어 파란곡절을 겪는다. 하지중(下之中)이다.

· 금미(金眉) 금목(金目)

남녀 다같이 31세에서 40세까지는 외부내빈(外富內貧) 격이다.
명예는 떨치나 재산운은 좋지않고, 부부재난이 많아 실패의 고배
를 마신다. 중지하(中之下)이다.

· 금미(金眉) 토목(土目)

남녀 다같이 31세에서 34세까지는 풍파가 많다가, 35세에서 41
세 사이에 대개가 성공한다.

· 금미(金眉) 수목(水目)

남녀 다같이 31세에서 40세까지는 직업을 두번 바꾸며, 34세에
서 40세 사이에 크게 변화가 생겨 7년간 재물운이 침체한다. 중지
하(中之下)이다.

· 수미(水眉) 목목(木目)

남녀 다같이 31세에서 34세까지는 꿩먹고 알먹는 격이다. 35세
에서 40세 사이에 형제나 친구의 도움으로 계속 발전해서 성공한
다. 중지상(中之上)이다.

· 수미(水眉) 화목(火目)

남녀 다같이 31세에서 40세 사이에 재산이 절반 정도 감소하고,
부부나 자식에게 근심이 있다. 재산운은 중지하(中之下)이다.

· **수미(水眉) 토목(土目)**

남녀 다같이 34세까지 도움이 되었던 것을 35세에서 40세 사이에 부동산에 투자하여 크게 성공한다. 중지상(中之上)이다.

· **수미(水眉) 금목(金目)**

남녀 다같이 34세까지 있는 재산으로 사업을 하지만 발전은 없고, 생활환경만 달라진다. 중지중(中之中)이다.

· **수미(水眉) 수목(水目)**

남자는 처음에는 다른 사람의 도움으로 성공하나, 너무 수(水)가 강하여 35세에서 40세 사이에 수극화(水克火)의 상극(相克)으로 분수에 넘치는 일에 손을 대다가 실패하는 수가 있다.

여자는 유흥업을 좋아하며 대개 과부가 된다. 재산운은 하지상(下之上)이다.

4. 목(目)과 비(鼻)

35세에서 50세까지 중년의 재산운에 해당하며 질병, 금전, 사회적 지위, 생업, 현재의 비상금 관계 등을 본다.

· 목목(木目) 목비(木鼻)

남녀 다같이 35세에서 40세 사이에 점차로 운이 전개된다. 그러나 41세에서 44세 사이에 고통이 심하며, 가정에 큰 우환(愚患)이 계속된다. 중지하(中之下)이다.

· 목목(木目) 화비(火鼻)

남녀 다같이 총명하며 기능도 좋으나 41세, 43세, 44세에 최대의 인생고해를 겪게 된다. 산근(山根), 수상(壽上), 연상(年上) 부위 즉, 질액궁(疾厄宮)에 재난을 당하는 큰 사고가 생긴다. 하지상(下之上)이다.

· 목목(木目) 토비(土鼻)

남녀 다같이 머리가 좋고 착실하며 온순하다. 건전한 기능직 공무원이나 사회사업에 종사하는 사람이 많다. 재산은 35세 이후부터 점차로 늘어난다.

41세에서 50세 사이에는 꾸준히 노력하여 즐거운 생활을 한다. 여자는 시녀같이 내조의 역할을 한다. 중지하(中之下)이다.

· 목목(木目) 금비(金鼻)

남녀 모두 35세에서 40세까지는 정상적인 운이다가, 41세부터 갑자기 40세 이전의 배로 범위가 커져서 패하면 크게 패하고 흥하면 크게 흥하는 수이니 기복이 심하다.

좌우관골을 잘 보호해주는 사람은 결정적인 역할이 되며, 준두 (準頭)부위가 잘 구비되어야 한다. 중지중(中之中)이다.

· 목목(木目) 수비(水鼻)

남녀 다같이 35세부터 40세까지는 현상유지를 하지만, 41세~44 세, 44세~47세, 47세~49세에 3년 내지 2년 간격으로 흥패가 잦 아 외부내빈이 된다.

국(局)은 크나 실속이 없고 재물은 처음에는 성공하지만 나중에 완전히 실패한다.

· 화목(火目) 목비(木鼻)

남녀 모두 35세에서 40세 사이에 재화와 재난이 많으며, 부부와 자녀가 액을 당한다. 41세부터 타향살이를 면하기 어려우며, 실상 화생목상합(火生木相合)은 되었으나 상극(相克)작용으로 길흉이 상반되는 운세이다.

여자는 70%가 결혼에 실패한다. 재산운은 하지중(下之中)이다.

· 화목(火目) 화비(火鼻)

남녀 다같이 35세에서 50세까지 15년간 누고누패(屢苦屢敗)의 고액이 따른다. 투기성이 강해 탕진하며, 가족이 동서로 분주하며 파란곡절이 생긴다. 하지중(下之中)이다.

· 화목(火目) 토비(土鼻)

남녀 다같이 35세에서 40세까지 곡절이 심하지만, 41세에서 50세 사이에 점차 형통의 운이 생겨 대성한다. 중지상(中之上)이다.

· 화목(火目) 금비(金鼻)

남녀 모두 35세에서 40세까지 파란곡절이 심하나, 41세부터 50세까지 형통의 운이 생겨 상업에 크게 성공한다. 토생금(土生金)이 작용한다. 중지상(中之上)이다.

· 화목(火目) 수비(水鼻)

남녀 다같이 35세에서 40세까지 화(火)가 성하여, 34세 때 재물이 35세 이후면 크나큰 장애가 생겨 피해가 심하다. 토극수(土克水)의 작용이다. 중지하(中之下)이다.

· 토목(土目) 목비(木鼻)

35세에서 40세까지 노동직, 기술직, 상업에 종사하면 좋고, 40세에서 50세에 적은 재산은 생기나 큰 재물은 없다. 44세나 45세의 운을 조심해야 한다. 중지하(中之下)이다.

· 토목(土目) 화비(火鼻)

남자는 35세의 5월이나 6월부터 45세의 5월이나 6월까지 권도살(權道殺)이 있고, 41세부터 50세까지 10년 동안 평지풍파의 크나 큰 재난이 생겨 패가가 된다.

여자는 41세, 42세, 43세의 3년 동안에 큰 재난이 따른다. 하지중(下之中)이다.

· 토목(土目) 토비(土鼻)

남녀 모두 35세에서 40세 사이에 재산이 흥해서, 40세에서 50세까지 10년간 큰 재물을 벌게 된다. 성격은 다소 인색하고 노력이 강해 크게 성공한다. 재운은 중지상(中之上)이다.

· 토목(土目) 금비(金鼻)

남녀 모두 35세 5월이나 6월부터 40세까지는 재물이 적으나, 41세에서 50세 사이에 재물의 흥성운을 만난다. 특히 상업이나 공업을 하면 크게 성공한다. 중지상(中之上)이다.

· 토목(土目) 수비(水鼻)

남녀 모두 35세에서 40세까지는 점차적으로 재산이 늘어나다가, 41세에서 50세 사이에 파란이 있어 금전에 큰 타격이 생긴다. 중지상(中之上)이다.

· 금목(金目) 목비(木鼻)

남녀 다같이 명예는 있지만 재산은 실패하며, 자녀에게 실망하는 일이 많다. 중지하(中之下)이다.

· 금목(金目) 화비(火鼻)

남녀 모두 31세에서 40세 사이에는 길흉이 상반된다. 43세, 44세 때는 질병으로 패살(敗殺)이 겹친다. 45세에서 50세까지 6년 동안은 투기를 피해야 한다. 재산운은 하지중(下之中)이다.

· 금목(金目) 토비(土鼻)

남녀 모두 35세의 재물운은 길흉이 상반되나, 41세에서 50세 사이에 재물이 홍성발복하여 크게 성공한다. 특히 45세에서 48세 사이에 더욱 성왕한다. 재산운은 중지상(中之上)이다.

· 금목(金目) 금비(金鼻)

남녀 모두 35세에서 40세 사이에는 길흉이 상반되고, 41세에서 50세까지는 재물이 홍왕하여 큰 재산을 갖게된다. 중지상(中之上)이다.

· 금목(金目) 수비(水鼻)

남녀 모두 35세에서 40세까지는 길흉이 상반되나, 41세에서 50세까지 10년간 토극수(土克水)의 큰 재난이 생기고, 여자는 파란곡절이 생긴다. 중지하(中之下)이다.

· 수목(水目) 목비(木鼻)

남녀 모두 처음에는 풍족하다가 나중에 가난해진다. 35세에서 40

세 사이에 갑자기 재난이 생기고 음난(淫亂)도 있다. 41세부터 50
세에 새로운 기반을 세워 근면하게 산다. 중지하(中之下)이다.

· **수목(水目) 화비(火鼻)**

남녀 모두 35세에서 40세까지는 장애가 있고 43세, 44세에는 파
격운과 도난액이 있다. 재산운은 중지하(中之下)이다.

· **수목(水目) 토비(土鼻)**

남녀 모두 35세에서 40세까지 는기복이 많지만, 41세에서 50세
사이에 홍왕한다. 착실하고 근면하여 제2차 기반운이 있다. 중지
중(中之中)이다.

· **수목(水目) 금비(金鼻)**

남녀 모두 35세에서 38세 사이에 재물운은 있으나 재액이 따라
희비쌍곡의 운이며, 41세, 42세, 43세, 46세, 47세에 성운이 되
어 향상한다. 50세까지 운이 대단히 성왕한다. 중지상(中之上)이
다.

· **수목(水目) 수비(水鼻)**

남녀 모두 35세에서 50세까지 15년간 외부내허 격이다. 이런 사
람은 외로운 부호형으로 내용은 빈약하다. 중지상(中之上)이다.

5. 구각(口角)과 이(耳)

말년운에 해당되며 연령으로는 51세부터 죽을 때까지의 자식복, 수명, 말년의 주택, 자손의 번창, 죽은 후의 길흉 등을 본다.

· 목구(木口) 목이(木耳)

남녀 모두 겨우 식생활을 유지하며 간신히 현상유지를 하지만, 두뇌가 명석하여 교양이 있다. 중지하(中之下)이다.

· 목구(木口) 화이(火耳)

남녀 모두 겨우 생활을 유지하는 운이고, 기적의 희로쌍비가 되는 운으로 건강과 망신의 어려움이 있다. 하지중(下之中)이다.

· 목구(木口) 토이(土耳)

남녀 모두 겨우 생활하며 부동산이나 농산물을 취급하는 것이 좋다. 관운이나 상업운은 불길하고 토목업은 길하다. 중지하(中之下)이다.

· 목구(木口) 금이(金耳)

남녀 모두 질투심이 강하고 고집으로 패가할 수이다. 부모의 살림을 자식이 망치니 노다공소(勞多功小) 격이다. 하지중(下之中)이다.

· 목구(木口) 수이(水耳)

남녀 모두 빈곤한 살림이지만 자식이 의외로 성공한다. 수명은 연장되어 장수한다. 중지상(中之上)이다.

· 화구(火口) 목이(木耳)

남녀 모두 명이 짧으며 가난으로 고생한다. 패가망신 하는 격으로 만일 부유하면 요사한다. 하지중(下之中)이다.

· 화구(火口) 화이(火耳)

남녀 모두 급난급패(急難急敗)할 수이고, 가족 전체가 패한다. 하지하(下之下)이다.

· 화구(火口) 토이(土耳)

남녀 모두 불행의 함정에서 다시 살아나는 격으로, 처음에는 빈곤하지만 나중에 길하다. 하지상(下之上)이다.

· 화구(火口) 금이(金耳)

남녀 모두 겨우 이어가는 살림에 낭비가 따른다. 명예는 얻으나 나쁜 일이 많다. 중지하(中之下)이다.

· 화구(火口) 수이(水耳)

남녀 모두 전체적으로 좌우 변화가 일어나 큰 액과 난으로 패가

하는 수가 있다. 하지중(下之中)이다.

· 토구(土口) 목이(木耳)

남녀 모두 평범한 운세이며 수명이 짧고 자식은 겨우 생활할 정도이다. 하지중(下之中)이다.

· 토구(土口) 화이(火耳)

남녀 모두 재산이 좋으면 자식운이 약하다. 재산은 평탄하나 재앙이 많다. 하지중(下之中)이다.

· 토구(土口) 토이(土耳)

남녀 모두 평범한 노동직으로 생계를 꾸려간다. 하지중(下之中)이다.

· 토구(土口) 금이(金耳)

남녀 모두 겨우 이어가는 살림에 자식들이 보탬이 된다. 중지하(中之下)이다.

· 토구(土口) 수이(水耳)

남녀 모두 재산이 점차로 줄어들고 무너지니, 자식에게 빨리 상속하는 것이 이롭다. 중지하(中之下)이다.

· 금구(金口) 목이(木耳)

남녀 모두 재산이 날로 늘어나 부유하다. 자식들이 관계(官界)에서 출세해 본인의 초년 고생이 말년에 크게 형통한다. 상지중(上之中)이다.

· 금구(金口) 화이(火耳)

남녀 모두 재산운은 좋으나 수명이 짧고, 자식에게 애착이 심하여 고독하다. 상지하(上之下)이다.

· 금구(金口) 토이(土耳)

남녀 모두 51세에서 70세 사이에 자식에게 재산을 상속해서, 완전한 직업을 정착시켜 주는 것이 좋다. 중지상(中之上)이다.

· 금구(金口) 금이(金耳)

남자는 51세에서 70세까지 말년에 형통한다. 그러나 자식이 재산을 절반 정도 탕진하니 슬하에 근심이 이어진다.

여자는 며느리와 시어머니가 맞지않아 불평이 많다. 중지중(中之中)이다.

· 금구(金口) 수이(水耳)

남녀 모두 51세에서 70세까지 자식복이 있다. 부모가 죽은 후에도 계속해서 재산을 유지하며 대성한다. 상지중(上之中)이다.

· 수구(水口) 목이(木耳)

남녀 모두 51세에서 70세까지 재물운이 좋으며 소비도 크다. 국(局)이 크게 쓰인다. 자식은 재산보다 지능이 좋아 부자 밑에 가난한 자식을 두는 것과 같다. 중지중(中之中)이다.

· 수구(水口) 화이(火耳)

남녀 모두 51세부터 점차적으로 식복은 풍족해지나 건강에는 장애가 생긴다. 부유하면 단명하고 가난하면 수명의 난관을 돌파할 수 있다.

· 수구(水口) 토이(土耳)

남녀 모두 50세 이후에 식복이 풍성하고, 수명은 중간 정도이며 자식궁도 안정적이다. 중지상(中之上)이다.

· 수구(水口) 금이(金耳)

남녀 모두 동양의 정상적인 인상이며, 부귀겸전(富貴兼全)하여 자식복도 좋고 수명도 안강(安康)하다.

· 수구(水口) 수이(水耳)

51세에서 70세까지의 재산운은 부귀겸전(富貴兼全)하고 자손도 번창하며 수복강영(壽福康寧)한다. 상지중(上之中)이다.

4. 이목구비(耳目口鼻)의 각 부위별 균형

1. 이(耳)와 액(額)

· 이반(耳反) 액첨(額尖)

귀가 뒤로 넘어지고 이마는 뾰족한 모습을 말한다.

귀는 본가이고 이마는 생활의 터전인데, 본가에서 반대하며 협조와 관심이 없다. 일터에 나와 있으나 협잡하고 활발하지 못해 결실 또한 좋지않다.

남자는 부모덕과 관록이 없고, 삼처(三妻)팔자이고, 여자도 부모덕이 없고 재가팔자이다.

· 이빈(耳貧) 액반(額反)

귀는 얇고 작으며 이마는 뒤로 넘어간 모양을 말한다.

본가에서 빈약하게 자란 탓으로 활동장에 나왔으나 지도자가 반대하니 갈 곳이 없다.

남자는 부모덕이 없고 관록도 없으며 부부 불길하고, 여자도 부모덕이 없고 부부 불길하며 재가팔자이다.

· 이빈(耳貧) 액대(額大)

귀는 약하고 이마는 넓은 모양을 말한다.

남자는 빈가출신이나 15세부터 30세 사이에 고학이나 기술을 배워 생활의 터전을 얻어 자립한다.

여자는 빈가출신으로 효행과 교양없이 자라고, 남의 집에 의탁하여 남의 덕으로 산다.

· 이풍(耳豊) 액원(額圓)

귀가 풍부하고 이마가 넓은 모양을 말한다.

본가의 기반이 좋고 활동의 터전도 좋으니, 모든 일이 순조롭게 풀려간다.

남자는 소년급제하고 부모덕이 있으며 조혼도 좋다.

여자는 평생동안 의식이 풍족하고 남편덕이 많다.

· 이풍(耳豊) 액평(額平)

귀가 풍부하고 이마가 평평한 모양을 말한다.

본가의 기반이 좋고 활동장도 좋으니, 산을 오르는 것도 평지를 가는 것처럼 순조롭다.

남녀 모두 소년급제하고 부모덕이 있으며, 가업도 홍창한다.

· 이풍(耳豊) 액첨(額尖)

귀는 풍부하나 이마가 뾰족한 모양을 말하며, 못자리에 탐스러운 모를 심을 터가 없는 격이다.

남자는 14세까지는 유복하나 15세에서 30세 사이에 가사가 불길하여, 교육이 중단되고 객지에서 고학을 하며 고생한다.

여자는 14세까지는 유복하나 15세에서 30세 사이에 부모와 이별하고, 가정이 파산하며 조혼도 실패한다.

2. 액(額)과 미(眉)

· 액평(額平) 미대(眉大)

이마가 평평하고 눈썹이 긴 모양이다.

이마는 조상과 생활의 터전이며 지식의 창고이니, 조상덕과 윗사람의 덕이 있어 활동이 평화롭고, 눈썹은 형제나 사회, 또는 민족이니 사교도 활발하여 만사가 순조롭다.

남녀 모두 부모덕이 있고 형제도 대길하다.

· 액대(額大) 미대(眉大)

이마가 크고 넓으며 눈썹이 눈을 덮은 모양을 말한다.

남녀 모두 소년공명이요 입신양명하니, 부모와 형제가 모두 화목하고 길하다.

· 액대(額大) 미소(眉小)

이마가 크고 넓으며 눈썹은 짧은 모양을 말한다.

활동장인 이마가 넓어도 눈썹이 약하여, 전답을 이용하지 못하고 버리는 격이니 가정이 한때 패한다.

남녀 모두 육친의 덕이 없으며 형제가 고독하다. 31세에서 34세 사이에 가사가 일시에 패한다.

· 액소(額小) 미대(眉大)

이마는 좁고 작은데 눈썹은 크고 긴 모양이다.

남녀 모두 부모덕은 없으나, 형제나 친구로 인하여 직업을 성사하는 격이다.

· 액소(額小) 미소(眉小)

이마도 작고 눈썹도 짧은 모양을 말한다.

부모덕이 약하나 작은 것부터 차근차근 분수에 맞게 추진해 나가면 점점 발전할 수 있다.

남녀 모두 부모덕이 없으나 적소성대(蹟小成大)하여 고난 끝에 점차 발전한다.

· 액반(額反) 미단(眉短)

이마가 뒤로 넘어가고 눈썹이 짧은 모양으로, 남녀 모두 조혼에 실패하고 형제의 덕도 없으며, 패가망신하는 격이다.

· 액원(額圓) 반월미(半月眉)

이마가 둥글며 눈썹이 반달모양으로, 이마와 눈썹이 둥그니 가정의 모든 일이 둥글둥글 순조롭게 굴러간다.

남자는 부모덕이 있고 형제는 화목하며, 미모의 아내를 만나 행복하게 산다.

여자는 부모덕이 좋고 형제도 화목하며, 미모도 갖춰 부부가 행복하다. 단 눈썹부위의 운인 색란(色亂)을 주의해야 한다.

· 액좌편(額左偏) 미단(眉短)

왼쪽 이마가 비틀어지고 눈썹이 짧은 모양이다.

왼쪽은 양(陽)이니 아버지가 먼저 돌아가시고, 남자편인 내 집의 가세가 기울어 곤란을 겪는다.

남녀 모두 아버지를 먼저 잃고, 독신생활로 빈한을 면하기가 어렵다.

· 액우편(額右偏) 미단(眉短)

이마의 오른쪽이 비틀리고 눈썹이 짧은 모양이다.

오른쪽은 음(陰)이니 어머니가 먼저 돌아가시고, 아버지가 계모를 맞아들여 이복형제가 생기고, 여자편인 외가도 운이 흩어진다.

남녀 모두가 어머니를 먼저 잃게 되고, 이복형제가 있으며 외가가 망한다.

· 액원(額圓) 미산(眉散)

이마가 둥글고 눈썹이 흩어져 산만한 모양이다.

조상덕은 있으나 형제나 친구와 사교가 좋지 않으며, 직업이 산란하고 불안정하다. 형제나 친구의 피해로 실패할 수도 있다.

남녀 모두 부모덕은 있으나 형제덕이 없어서 형제나 친구로 인해 실패를 당한다.

· 액첨(額尖) 미청수(眉淸秀)

이마가 뾰족하고 눈썹은 깨끗하며 단정한 모습이다.

조상덕은 약하나 형제나 친구와 사교가 좋아서 31세에서 34세 사이에 앞날의 기반을 세운다.

남녀 모두 부모덕은 없으나 형제간에 화목하고, 좋은 친구로 인하여 직업을 얻는다. 31세부터 운이 일어난다.

· 액광(額廣) 미장(眉長)

이마가 넓으며 눈썹이 눈을 충분히 덮을 수 있을 정도로 긴 모양이다.

이마가 넓으니 조상의 유산인 전답이 넓고, 눈썹이 길게 생겼으니 어깨가 길어 사귐이 오래간다.

남녀 모두 초년부터 유복하다. 형제도 길하고 처세도 잘하여 출세하며 크게 형통한다.

· 액돌(額突) 미고(眉高)

이마가 불쑥 튀어나왔으며, 눈썹이 높이 걸려있는 모습이다.

이마가 튀어나왔으니 생활터전이 출생지와 멀어지고, 눈썹은 높이 있으니 가택궁인 눈에서 멀리 떨어진 울타리가 되는 셈이다.

남녀 모두 부모 형제에게 의지하지 않고 객지에서 자립해서 성공한다.

· 액단(額短) 미상천(眉上天)

이마가 짧고 눈썹끝이 위로 치켜 올라간 모양이다.

이마가 너무 낮은 것은 하늘이 무너진 격이고, 눈썹꼬리가 올라간 것은 낮은 하늘을 주먹으로 찌르는 격이니, 조실부모하고 형제도 없이 자립한다.

남녀 모두 조실부모하여 고아생활을 하지만, 31세에서 34세 사이에 강직한 집념으로 서서히 자립해서 성공한다.

· 액평(額平) 미청수(眉淸秀)

이마는 평평하며 네모 모양으로 초가을 들판과 같고, 눈썹은 깨끗하며 단정한 모양이다.

남녀 모두 초년에 명진사해(名振四海)하며 부모의 유산이 많고, 형제간에 화목하며 다복하다.

· 액로(額露) 미함(眉陷)

이마가 도려낸 것처럼 파였거나 까바졌고, 눈썹골이 함정처럼 깊은 모양이다.

이마가 파였으니 부모가 주신 현재의 생활장이 함정과 같고, 눈썹이 함정에 섰으니 형제도 함정에 빠진 격이어서 고생이 많다.

남녀 모두 조실부모하고 형제도 비명객사하니, 구사일생으로 고생할 수이다.

· 액저(額低) 미저(眉低)

이마의 상하가 짧고, 눈썹과 눈이 가까운 모양을 말한다.

하늘인 이마가 낮으니 생활의 터전이 좁고, 눈썹과 눈이 가까우니 집터가 좁아 부모와 형제 모두 덕이 없다.

남녀 모두 부모덕이 없고 형제간에도 서로 덕이 없으니, 고독하게 자립해야 하는 형편이다.

· 액평(額平) 미골돌출(眉骨突出)

이마는 평화로우나 눈썹뼈가 솟은 모양이다.

이마가 평평하니 부모덕은 있으나, 이마부위인 들에서 일을 하다가 쉬는 곳이 평지목(平地木)인 눈썹인데 눈썹골이 솟았으니, 그늘이 너무 높은 언덕 위에 있어서 쉬러 가기가 어렵다.

남녀 모두 30세까지 부모덕은 있으나 형제가 모두 욕심이 많아 해를 끼치니, 형제나 친구로 인해서 피해를 입거나 파산하게 되는 수가 있다.

· 액광활(額廣活) 소소미(小掃眉)

이마가 넓고 눈썹끝이 흩어져 대빗자루 모양인 것을 말한다.

이마는 부모덕이니 좋지만, 눈썹끝이 빗자루처럼 흩어져서 친구에게 재산을 쓸어내 주는 격이다.

남녀 모두 초년에는 다복한 생활에 입신공명하고, 형제궁도 처음에는 길하나 친구를 형제처럼 다정하게 지내다가 다득다실(多得多失)하는 격이다.

· 액장고(額長高) 미단(眉短)

이마가 높고 눈썹이 모자라는 듯한 모양으로, 조상덕은 있으나 눈썹이 짧으니, 형제나 친구와의 사교가 잘못되어 직업이나 재산이 파산한다.

남녀 모두 30세까지는 다복하나, 31세부터 우연하게 형제나 친구로 인해 재산이 파산한다.

· 액직장(額直長) 미장(眉長)

이마가 곧으며 길고 눈썹도 역시 긴 모양이다.

이마가 높고 곧게 솟았으니 고지식하고 꿈도 크며, 눈썹이 길어서 사교와 활동이 좋으니 자기 주장대로 성취한다.

남녀 모두 고집이 강하고 바르게 처세하여 성공한다.

· 액상첨하광(額上尖下廣) 호미(虎眉)

이마가 윗쪽은 좁고 아래는 넓으며, 눈썹은 꼬리가 거칠게 올라간 모양이다.

이마가 불규칙하게 생겼으니 화액(火額)이며, 화(火)부위에 또 화(火)이니 활동장이 뜨거운 여름 들판이다. 가시덤불 눈썹이니 형제와 친구의 덕이 없고 화목하지 못해 기복이 많다.

남녀 모두 초년에 기복이 많아 이승이패(二勝二敗)하는 격이고, 형제간에 불목한다.

· 액돌(額突) 유엽미(柳葉眉)

이마가 튀어나오고 눈썹은 수양버들처럼 아래로 늘어진 모양을 말한다.

이마가 돌출했으니 객지에서 외롭다. 흔들리는 수양버들같은 직업과 친구가 생기니 화류계와 인연이 된다.

남자는 초년에 객지에서 고생하다 유흥업에 종사한다. 눈썹부위에서 기생첩을 즐기는 기생 오라비 팔자가 된다.

여자는 아버지를 먼저 잃고, 조혼은 실패하며 화류계로 흐른다.

· 액평(額平) 용미(龍眉)

이마는 평화롭고 눈썹은 맑고 깨끗하며, 미두(眉頭)에서 점점 끝이 가면서 가늘어져 매우 아름답게 보이는 눈썹이다.

남자는 초년에 평화롭게 공명과 권위로 성왕하며 장원급제하는 복받은 사람이고, 여자도 공주격으로 아주 복받은 사람이다.

· 액첨(額尖) 미저(眉低)

이마가 뾰족하고 눈썹이 낮은 모양이다.

이마가 뾰족하니 화액(火額)으로 고달프고, 눈썹이 눈과 가까우니 집터가 너무 없어 답답하다. 울화가 치미는 울타리와 같아 튕겨 나가지만 갈 곳이 없다.

남녀 모두 부모덕과 형제덕이 없으니, 의지할 곳 없는 떠돌이 신세라고 할 수 있다.

· 액고(額高) 미고(眉高)

이마가 높고, 눈썹과 눈의 거리가 멀어 높이 달린 모양이다.

이마와 눈썹이 높으니 높은 곳에서 멀리 바라보는 것과 같은 격으로, 남녀 모두 고상한 취미를 갖고 있으며 포부와 희망이 크다. 타향이나 외국에서 성공한다.

· 액방(額方) 반월미(半月眉)

이마는 벙벙해서 무르익어 가는 초가을 들판처럼 네모꼴이고, 눈
썹은 반달처럼 고운 모양이다.

이마가 벙벙하니 초가을의 시원한 들판 위에 달이 뜬것 같다.

남녀 모두 부부가 화목하며 가는 곳마다 춘풍이다.

· 액단첨(額短尖) 미산(眉散)

이마가 짧고 쭈뻿하며 눈썹은 흩어진 모양으로, 남녀 모두 빈천
하고 고독하며 부모, 형제, 부부궁까지 모두가 불길하다.

· 액평(額平) 사자미(獅子眉)

이마는 평평하고 고르며, 눈썹은 숫사자처럼 머리가 크고 꼬리는
점점 가늘어져서 맨끝이 위로 치켜 올라간 모양이다.

이마가 평화로우니 부모덕이 있고, 사자 눈썹이니 무관이 된다.

남자는 사법관, 검사, 군인, 경찰간부로 무관 격이고, 여자는 권
세있는 남편을 만난다.

· 액원(額圓) 봉미(鳳眉)

이마가 둥글고 눈썹이 봉(鳳)의 모양으로, 머리는 다소 적고 몸
이 퍼진 듯 하다가 꼬리가 날씬해서 아름답다. 봉황새가 앉아 있
는 모양이다.

이마가 둥그니 가을의 봉(鳳)이 힘차게 날아가는 것으로 비유할

수 있다.

남자는 군왕 격이고, 여자는 왕비 격으로 모두 귀한 상이다.

· 액상원하함(額上圓下陷) 미단(眉短)

이마의 윗쪽은 둥근데 아래가 함(陷)하여 죽었고, 눈썹이 짧은 모양이다.

남녀 모두 윗대에 잘살았으면 부모대부터 망하여, 교육이 중단되고 생활 능력이 약하며 형제덕도 없다.

3. 미(眉)와 목(目)

눈썹과 눈은 31세부터 40세까지의 형제, 가정, 부부, 자손, 직업, 가택 관계 등을 보는 중요한 부위이다.

· 미장(眉長) 목장(目長)

눈썹의 폭이 너무 넓지 않고 길며, 눈도 적당하게 긴 모양이다.

눈은 가정이며 정신의 핵심이고 마음의 창이라고도 한다. 길면 긴 안목이라 길 수록 좋으며, 눈썹은 눈을 둘러싼 울타리와 같으니 잘 둘러싸야 좋은 것이다.

남녀 모두 형제가 많고 화목하다. 크게 성공하고 사업보다는 관직이 좋다. 부부도 화목하다.

· 미단(眉短) 목단(目短)

눈썹도 짧고 눈도 짧은 모양이다.

눈은 가택과 전답인데 집도 작고 울타리도 짧으니, 작은 것부터 시작하여 점점 늘려가는 격이다.

남녀 모두 초년에는 고생을 하다가 점차 좋아진다. 오단(五短)이 면 길하다.

· 미산(眉散) 목상천(目上天)

눈썹이 흩어지고 눈꼬리가 위로 올라간 모양이다.

눈썹이 흩어졌으니 형제 사이가 산란하고, 눈꼬리가 올라갔으니 화목(火目)으로 정신이 불같이 급해 가정이 편할 리가 없다.

남녀 모두 형제는 많으나 화목하지 못하고, 성질이 급해서 부부에게 이별의 환(患)이 생긴다.

· 호미(虎眉) 학목(鶴目)

눈썹이 엉성하고 꼬리가 올라간 모양을 호미(虎眉)라 하고, 학목(鶴目)은 윗눈시울이 둥글고 학처럼 길게 보이는 눈을 말한다.

호미(虎眉)는 엉성하여 가시나무로 비유하는데, 형제와의 사교를 보는 평지목(平之木)이 가시덤불과 같다면 쉼터가 불편할 것이다.

직업은 무관으로 적용하고 긴 눈은 봄나무와 용에 비유하며, 학은 나무에 앉으므로 가늘고 긴 다리에 적용한다.

남자는 눈썹부위까지 무관으로 지내다가 눈부위에서 문관이 되는 셈이다. 형제는 단 한명일지라도 화목하지 못하지만, 다정다감하고 의리가 있어서 다른 사람을 잘 지도하니 명예가 높다. 외강내유 격이다.

여자의 경우에는 선무후문관(先武後文官)의 아내가 되며 남자의 운과 같다.

· 반월미(半月眉) 소목(小目)

반달같은 눈썹에 작은 눈이다.

눈썹이 반달같이 부드럽고 연약하며, 눈도 둥글어 둥글둥글 부드럽게 살려고 한다.

남자는 많은 여자를 울리는 기생 오라버니 팔자이고, 여자는 용모가 비상하게 생겨 기생 팔자이다. 예능, 무용, 배우, 접대부 등의 직업에 종사하면 길하다.

· 미장고(眉長高) 목장(目長)

눈썹이 높고 길며 눈도 길게 생긴 모양으로, 눈이 길고 눈썹이 높으니 높은 집에 울타리가 높고 넓은 집터에 비유되어, 이상과 희망이 크고 위세를 부리려고 한다.

남녀 모두 이상과 희망이 원대하지만 고집과 투기성이 너무 강하다. 다른 사람의 앞에 나서기를 좋아한다.

· 미단(眉短) 목대(目大)

눈썹이 짧고 눈은 큰 모양으로, 집은 크지만 울타리가 없으니 형제가 고독하고 불길하며, 욕심은 많으나 막히는 일이 많다.

남녀 모두 형제는 고독하고 막히는 일이 많다. 또한 욕심은 많으나 울타리가 모자라니 포부만 클 뿐 소득다실(小得多失)하는 격이며 부부가 외박이 많다.

· 미장(眉長) 목소(目小)

눈썹이 길고 눈은 작은 모양으로, 집은 작은데 울타리가 멀어 집터만 넓으니, 남들이 텃밭을 수확하는 격이다.

남녀 모두 처세에 민감하며, 들어오는 것은 많으나 욕심이 적어 나가는 것도 많다. 낭비가 심해 다득다실(多得多失)하는 격이다.

· 미청수(眉淸秀) 목대(目大)

눈썹이 깨끗하게 정리되었고 눈은 큰 모양을 말한다.

눈썹이 청수(淸秀)하니 친구덕이 좋으며 사교가 뜻대로 잘되어 매사가 순조롭다. 눈이 커서 욕심이 많다. 가택이 크지만 울타리도 잘 조화되어 능수능란하다.

남녀 모두 처세가 좋다. 수입과 지출이 대등하며 매사에 능수능란하여 모든 일이 순조롭다.

· 미원(眉圓) 목원(目圓)

눈썹도 둥글고 눈도 둥글다. 눈이 둥글다는 것은 눈의 윗거풀이 모양으로 결정한다.

눈동자는 정신이고 눈은 마음의 상태이다. 눈의 주변을 집터로 볼 때, 눈썹은 울타리가 되고 사회와 민족이 된다. 축소하면 가정이 되고 부부가 되며 자신의 마음이 된다.

남녀 모두 형제간에 화목하고 부부생활도 원만하여 행복하다.

· 미상천(眉上天) 목하수(目下垂)

눈썹끝이 올라가고 눈꼬리가 내려간 모양을 말한다.

울타리는 집을 반대하여 넘어진 격이요, 눈의 간문이 아래로 쳐졌으니 음목(陰目)이 되어 눈물이 많다. 눈썹과 눈꼬리가 서로 반대로 되었으니 음(陰)과 양(陽)이 반대로 적용된다.

남녀 모두 형제와 상극이며 부부공방이 많다. 수화상극(水火相克)하는 격이어서 아주 불길하다.

· 일자미(一字眉) 목장(目長)

눈썹이 한일(一)자 모양으로 수평이고 눈은 길다.

마음과 환경이 일치되니 긴 안목으로 변함없이 서로 도우며 노력하여 토대를 세운다.

남녀 모두 형제와 부부가 모두 화목하다. 자립으로 꾸준히 노력하여 기반을 세운다.

· 미산(眉散) 삼각목(三角目)

눈썹이 흩어졌고 눈은 삼각형 모양이다.

개는 집을 지키기 위해서 눈에 힘을 주어 세우니 삼각형이 되고, 울타리가 흐트러져 가시덤불 같아 늑대가 노리고 있는 격이다.

남녀 모두 늑대가 개를 쫓는 격으로 항상 구설과 시비가 일어나며, 형제간에 불목하고 출행에 재앙이 따른다.

· 소청미(小淸眉) 소목(小目)

눈썹이 맑고 깨끗하며 눈은 웃는 모양으로, 눈이 웃으니 상대방에게 호감을 주고, 눈썹이 청수(淸秀)하니 귀인과 접촉이 있다.

남녀 모두 욕심이 없고 고독하나 애교가 있어, 수시로 귀인의 도움을 받으며 꾸준히 독신 격으로 생활하여 기반을 세운다.

· 저미(猪眉) 취안목(醉眼目)

돼지 눈썹에 술에 취한 눈을 말한다.

눈썹은 이리저리 흐트러져 살찐 돼지의 털과 같이 드문 드문 있는 모양이다. 눈은 붉은 빛이 약간 돌며 눈동자가 아래로 내려가거나 위로 올라간 느낌을 주며, 힘과 광채가 약한 모양이다.

남녀 모두 돼지우리에서 잠을 자는 격이니, 추하고 천하다. 천대를 받으며 불행하게 살아야 수명을 유지하며, 죽을 때 신체를 해부하는 경우가 많다.

· 삼각미(三角眉) 저목(猪目)

눈썹은 삼각형처럼 머리와 꼬리는 가늘고 중간부위가 산 모양이고, 눈은 눈동자가 아래로 내려가 있는 것처럼 보이며 눈자위가 지저분한 모양을 말한다.

삼각형 눈썹은 칼과 같고 돼지 눈은 지저분하니, 돼지똥이 가득 찬 창자를 따고 있는 형상으로 비유된다.

남자는 도살하는 직업으로 식육업자가 많고, 여자는 독살스런 악처나 악인이 많고 남편을 극한다. 가정살림도 지저분하게 한다.

· 백미(白眉) 목대(目大)

눈썹은 가늘거나 드물어 거의 없는 것처럼 보이며, 눈은 크지만 눈동자가 아주 작아서 사방의 흰자위가 드러나 보이는 모양이다.

남녀 모두 형제가 고독하며 남의 집에 양자로 가면 액을 면할 수 있다.

대개 하체에도 음모가 없어 울타리가 없는 격이니, 여자는 정숙을 지키기 어려워 일부종사 하기가 어렵다.

· 유엽미(柳葉眉) 반월목(半月目)

수양버들처럼 아래로 쳐진 눈썹에 눈은 반달 모양이다.

남자는 풍류객으로 여자를 많이 울리고, 여자는 기생팔자로 다부다음(多夫多淫)하여 남자를 많이 상대한다.

· 귀미(鬼眉) 목대(目大)

눈썹은 어지럽게 흐트러져 유령을 연상하게 하고 눈이 크다.

눈이 커서 욕심이 많고 울타리인 눈썹이 사방으로 흩어져 정신이 산란하니, 주위에 잡귀가 난무한 격이다.

남자는 형제간에 불목하며 형제 중에 도둑이 있고, 여자는 형제의 재산을 패하고 남편을 극하며, 남의 지아비와 간음한다.

· 교가미(交加眉) 사목(蛇目)

눈썹이 가위표 모양으로 서로 기대고 있어 뱀이 이리저리 몸을 교차하며 기어가는 모양이고, 눈은 흰자위에 붉은색의 살기가 보여 냉정해 보인다.

눈썹이 이리저리 쓰러져 있으니 악당과 같고, 눈에 뱀처럼 독한 살기가 있으니 가정과 형제가 모두 불길할 수 밖에 없다.

남녀 모두 형제간에 불길하며 부부간에는 이별이 계속 따르고, 사나운 악당과 연관되어 있다.

· 사자미(獅子眉) 마목(馬目)

미두(眉頭)가 엉성하고 중간이 약한 듯 하며, 꼬리가 살짝 올라간 눈썹을 사자미(獅子眉)라 하고, 말이 힘겹게 달리다가 고되어 눈꺼풀이 꺼진 듯 하여 약간 삼각형으로 보이는 눈을 마목(馬目)이라고 한다.

사자는 맹수이니 무관이요, 마목(馬目)은 운수계통의 직업과 수

출업에 비유하면 된다.

남자는 무관이나 운마, 경마직, 역장, 운수업 등이 많고, 여자는 행상이나 밀수업에 종사하는 사람이 많다.

· 소소미(小掃眉) 작안(鵲眼)

소소미(小掃眉)는 눈썹끝이 다소 대빗자루의 끝처럼 흩어지고, 작안(鵲眼)은 까치의 눈이니 비교적 둥글게 생긴 모양이다.

소소미(小掃眉)는 까치가 나는 모양으로 까치는 길조이니, 사교에 능하다. 외교에 수완이 아주 좋다.

남녀 모두 다섯가지가 둥글거나, 다섯가지가 노출되었거나, 다섯가지가 방방하면 크게 성공한다.

· 대소미(大掃眉) 웅목(能目)

눈썹은 꼬리가 많이 흩어져 빗자루 모양이며, 눈은 곰의 모양으로 북실북실하며 다소 둥글다.

눈썹이 많이 흩어진 것도 곰의 모양이고, 눈이 크며 북실북실한 것도 곰의 형체를 뜻하니, 풀밭에 몸을 굴리는 것과 같아서 좋다.

남녀 모두 오대(五大), 오장(五長), 오방(五方)을 구비하면 크게 부귀겸전(富貴兼全)하며 대인이 된다.

· 하수미(下垂眉) 삼각목(三角目)

눈썹이 아래로 쳐지고, 눈은 삼각형 모양이다.

눈썹은 울타리이므로 울타리가 집안으로 넘어지고 집이 쓰러지니, 내 집은 싫다하고 남의 집으로 가는 격이다.

남녀 모두 형제는 있으나 독신처럼 외로우며, 본가를 버리고 친구를 위주로 남의 집을 좋아한다. 타성에 의지해야 액을 면할 수 있다.

· 간단미(間斷眉) 세목(細目)

눈썹은 중간이 끊어지고 눈은 가늘어 실눈과 같다.

울타리가 터져 도적이 드나드니 신경을 많이 써서 예민하고, 스스로 도적을 막는 격이다. 또 간단미(間斷眉)는 비가 새는 지붕에 비유할 수도 있다.

남녀 모두 독자이며 고독한 팔자이나, 지능이 예민하여 자립갱생하는 운이다.

· 징미(長眉) 상목(象目)

눈썹이 길고, 자비롭게 보이는 눈을 코끼리 눈이라고 한다.

눈과 눈썹이 길면 먼 장래를 보고 긴 안목으로 매사에 임하니, 차근 차근히 출세하게 된다.

남자는 큰 뜻과 희망으로 크게 성공한다.

여자는 어진 남편을 섬기며 학자나 대학교수의 부인이 된다.

· 청수미(淸秀眉) 용목(龍目)

눈썹이 맑고 깨끗하게 정리된 것을 청수미(淸秀眉)라고 하며, 가늘고 맑고 길며 꼬리가 약간 올라간 듯하여, 귀한 상으로 보이는 눈을 용목(龍目)이라고 한다.

눈썹과 눈이 깨끗하며 맑고 길면서 특수하게 좋은 것을 용이라 하고, 봄나무가 자라는 것으로 비유한다.

남녀 모두 귀인 상으로 고관이 되며, 평생이 안락하고 종삼품에서 종일품까지 올라갈 수 있는 운세이다.

· 호미(虎眉) 사자목(獅子目)

눈썹이 거칠며 꼬리가 올라간 것을 호랑이 눈썹이라 하고, 눈은 엄밀하게 다스리는 격인 것을 사자의 눈에 비유한다. 윗눈꺼풀이 한일(一)자 모양을 말한다.

호랑이와 사자는 용맹스런 동물이니 무관에 적용해, 남자는 대장군이나 무관이 될 수이고, 여자는 삼가(三家)팔자이며, 여장부로 남자를 이끌어 간다.

· 상천미(上天眉) 상천목(上天目)

눈썹꼬리와 눈꼬리가 위로 올라간 모양을 말한다.

어깨로 하늘을 치고 집안을 치는 격이니 가정을 버린다.

남녀 모두 부부를 극하며 자녀를 극하니 살인지 격이다.

· 하수미(下垂眉) 하수목(下垂目)

눈썹틀도 아래로 쳐지고, 눈꼬리도 아래로 쳐진 모양이다.

눈썹은 어깨이니 어깨를 펴지 않고 팔짱을 끼고 있는 격이며, 눈틀도 아래로 쳐져 있으니 대문을 잠그고 있는 격이다.

남녀 모두 인정과 동정심이 많고, 양보심도 많아서 좋은 기회를 잃지만 말년에 크게 성공한다. 특히 여자는 공방이 많다.

· 무미(無眉) 황사목(黃蛇目)

눈썹은 거의 없으며, 눈이 누렇고 흰자위에 적색이 서려있는 모양을 뱀눈이라고 한다.

눈썹이 없으니 육친의 덕이 없고, 풀이 없는 운동장으로 기어나온 뱀과 같아 의지할 곳이 없으니 몹시 당황한다.

남녀 모두 평생을 감옥에 살거나 걸식하는 팔자이다.

· 신월미(新月眉) 도화목(挑花目)

눈썹이 초생달처럼 가늘어 간사해 보이는 눈이다.

도화눈은 눈 주변의 살이 얇고 단조롭게 보이는 눈을 말하며, 간사한 직업과 사교로 접대역을 하게 된다.

남자는 무용수, 극장의 기도, 소리사, 약장사 등이고 일품이면 배우 등의 직업을 갖는다.

여자는 일품이면 기생팔자, 이품이면 이류기생, 삼품이면 가정부, 소개업, 다방 종업원 등에 종사한다.

· 견미(犬眉) 호목(虎目)

눈썹이 성글고 드문 것을 견미(犬眉)라 하고, 강하고 살기차 엄격한 모양을 호목(虎目)이라고 한다.

개의 약한 울타리에 호랑이니, 남을 죽이고 자기 자신만 살려고 하는 악독한 심사이나 무관이면 길하다.

남자는 호랑이같은 성격으로 개처럼 의리있는 형제를 극하며 버릇없이 행동한다. 외교관, 군인, 경찰관, 수사관 등에 종사하면 길하다.

여자는 간사해서 선량한 형제나 남편을 버린 뒤에, 악독한 남편을 만나 죽도록 고생하는 격으로 결국은 비명에 간다.

· 저미(猪眉) 호목(虎目)

눈썹이 돼지털처럼 이리저리 흩어져 있는 모양을 저미(猪眉)라 하고, 살기가 있고 강해 보이는 것을 호목(虎目)이라고 한다.

호랑이가 약한 돼지를 잡아 먹다가 돼지떼에게 패하는 격이니, 남녀 모두 형제의 재산을 착취하며 불목하고 환난이 많다. 중년초인 40세 안팎에 실패한다.

· 죽미(竹眉) 봉목(鳳目)

눈썹이 대나무잎처럼 하나 하나 꼬부라져 있는 것을 죽미(竹眉)라 하고, 봉의 모습처럼 처음과 꼬리가 가늘고 중간이 청수하게 생긴 것을 봉목(鳳目)이라고 한다.

대나무에 봉이 앉아있는 격이니 군자의 절개와 같다.

남자는 절개있는 충성과 효성으로 나라의 대신이 되어 임금을 보필하는 격이다.

여자는 부모에게 효성이 극진하며, 대신의 부인으로 명예를 지키는 귀부인 형이다.

· 계미(鷄眉) 봉목(鳳目)

닭이 싸울 때 목털이 꼿꼿하게 서 있는 모양을 계미(鷄眉)라 하고, 봉같이 귀엽게 생긴 눈을 봉목(鳳目)이라고 한다.

닭이 봉이 된 격으로 닭이 천마리에 봉이 한마리 있는 격이다.

남자는 빈한한 살림에서 34세까지 고생하다가 갑자기 장관의 지위에 오르는 것과 같은 발전이 온다.

여자도 남자와 같이 처음에는 곤란하다가 나중에 기쁜 일이 많이 생긴다.

· 회미(回眉) 목대(目大)

눈썹이 하나 하나 돌돌 말려 있고 눈은 큰 모양이다.

눈썹이 돈처럼 돌돌 말린 모양이니, 큰 눈으로 큰 재물을 끌어들이는 격이어서 남녀 모두 영웅심리가 있다.

일시적으로 큰 횡재가 따르고 만인을 억압하는 호걸 기질이 있어 형제나 친구의 재산을 한데 모아 거부가 되는 수가 많지만, 운이 불길할 때는 부하에게 패하는 수도 많다.

· 매화미(梅花眉) 소목(小目)

잎이 없이 작은 꽃이 피어 있는 매화나무처럼 고상하게 보이는 깨끗한 눈썹을 매화미(梅花眉)라고 하며, 동산에 떠오르는 해처럼 아래 눈시울의 중간이 약간 올라가 웃는 모양의 눈을 소목(小目)이라고 한다.

매화는 모두가 좋아하는 꽃이고, 동산에 떠오르는 햇빛은 약하면서도 안방까지 들이비친다.

남자는 간음과 유혹살이 있어 여자를 많이 희생시키는 음란한 상이고, 여자는 간교한 성격이니 아무에게나 애교를 부려 재산을 착취한다.

· 소소미(小掃眉) 저목(猪目)

눈썹이 처음은 가늘고 끝은 대빗자루처럼 흩어져 있는 모양을 소소미(小掃眉)라 하고, 눈동자가 약간 아래로 내려와 적색이 돌며 신경질적인 형의 눈을 저목(猪目)이라 한다.

돼지가 허술한 우리에서 지저분하게 살고 있는 모양과 같다.

남녀 모두 형제간에 불목하고 식복은 있으나 천한 직업을 갖게 된다.

· 귀미(鬼眉) 웅목(熊目)

눈썹은 화미(火眉)로 산란하며, 눈은 응큼하고 힘있어 보이는 모양을 말한다.

마귀와 같은 곰이니 도적이나 강도와 같은 격이니, 남녀 모두 도
적상으로 기운이 세고 약한 사람의 재산을 빼앗는다.

4. 목(目)과 비(鼻)

· 목소(目小) 비대(鼻大)

눈은 작고 코는 큰 모양으로, 남녀 모두 부부복은 없으나 41세에
서 50세까지 좌우관골을 잘 보필하면, 우연한 횡재를 얻어 부자가
된다.

만일 좌우관골이 좁으면 또 다시 10년간 거듭 고생한다. 눈에서
5년, 코에서 10년, 15년간을 패한다.

· 목소(目小) 비소(鼻小)

눈도 작고 코도 작은 모양이다. 모두 작으니 작은 것을 조화시켜
너무 큰 욕심을 부리지 않으면 길하다.

남녀 모두 안목은 작으나 적은 재물로 부부가 다정하게 분수를
알고 지키면 만족한 생활을 할 수 있다. 적은 부자로 백석꾼이다.

· 목대(目大) 비대(鼻大)

눈도 크고 코도 큰 모양으로, 소같이 무거운 짐을 지고 이겨 나

가니 큰 것이 온다.

남녀 모두 장기간의 안목으로 작은 것을 버리고 큰 것을 취하여 약간 무리가 되어도 투기를 하면 큰 재물을 얻는다.

뱃장이 좋은 편이고 좌우관골이 보필하면 천석꾼이요, 그렇지 못하면 백석꾼에 불과하다.

· 목대(目大) 비소(鼻小)

눈은 크고 코는 작은 모양으로, 소의 눈에 염소의 먹이와 같은 격이어서, 남녀 모두 보기는 크게 보는데 재물은 따르지 않는다.

30세에서 40세까지 일시적으로 모은 재산을 41세에서 50세 사이에 탕진한다.

· 취목(醉目) 화비(火鼻)

눈은 술에 취한 것 같고 코는 울룩불룩한 모양으로, 술에 취한 뱀이 개를 만난 격이다.

남녀 모두 어리석고 재물복이 없으며 부부와 자식을 극한다.

· 사자목(獅子目) 호비(虎鼻)

사자의 눈에 호랑이 코로, 맹수의 소굴 격이다.

남자는 권위가 왕성해 무관으로 출세해서 여러 부하들에게 재물을 얻는다.

여자는 거부가 되지만 남편과 자식을 극하니 고독하다.

· 견목(犬目) 호비(虎鼻)

개의 눈에 호랑이 코로, 개와 같은 가정에 호랑이 재산이니 돌려보내는 격이다.

남녀 모두 친절하고 어질어서 40세 전에 부자가 되지만, 40세에서 50세 사이에 재산을 국가에 헌납해야 길하다.

· 목대사백목(目大四白目) 마비(馬鼻)

눈은 크나 눈동자가 작아서 흰자위가 많고, 코는 말코이니 놀란 망아지 격이다.

남자는 욕심과 자존심이 강하여 다른 사람을 시기하거나 경쟁하다가 재산이 넘어가고, 40세 이전에 아내를 극하며 40세에서 50세 사이에 재산을 사방으로 탕진한다.

여자는 남편을 공방하며 자식을 멀리하고, 스스로 소득없는 헛고생만 자초하니 다사분주(多事紛走)한 격이다.

· 황견목(黃犬目) 장비(獐鼻)

누런개의 눈에 노루코로, 누런개에게 쫓기는 노루 격이다.

남녀 모두 이기적이며 욕심이 많아 선득후실(先得後失) 한다.

· 사목(蛇目) 견비(犬鼻)

뱀의 눈에 개의 코로, 뱀과 개는 원진(元嗔) 격이니 남녀 모두 사술(巳戌)과 원진살(元嗔殺)이 있다.

힘들게 벌은 돈을 간사한 사람으로 인해 일시에 잃고 망신까지 당한다. 주위에는 사기꾼이 많다.

5. 비(鼻)와 구각(口角)

· 비소(鼻小) 구대(口大)

코는 작고 입은 큰 모양으로, 돈은 없는데 먹는 것에만 힘쓰는 격이다.

남녀 모두 재물복은 약하고 식복은 있으니 낭비가 많다.

· 비대(鼻大) 구소(口小)

코는 큰데 입이 작으니, 재산을 모으기는 하지만 먹어보지 못하는 격이다.

남녀 모두 재산복이 좋고 50세 이후에 자식복도 많으나, 평생 벌기만 하고 써보지 못하는 신세이다.

· 비곡(鼻曲) 구약(口弱)

코가 꾸불꾸불하며 입술이 얇고 작으니, 고통스런 재산에 먹는 것 조차 어렵다.

남녀 모두 패가망신하고 평생동안 고생만 한다.

· 비직(鼻直) 구직(口直)

코와 입이 모두 곧고 반듯한 모양으로, 재산도 바르고 먹기도 바르니 정직하여 안락하다.

남녀 모두 정직하고 올바르니 편안한 팔자이다.

· 비풍대(鼻豊大) 구대광(口大廣)

코와 입이 모두 크고 풍부한 모양으로 남녀 모두 재복, 식복, 자식복이 좋다.

6. 종 합(綜合)

· 산근저함(山根底陷) 준두대(準頭大) 구대(口大)

산근(山根)이 저함(底陷)하고 준두(準頭)가 크며 입이 크고 두터우면 남녀 모두 자수성가한다.

41세에서 43세까지가 기초운이 되고, 45세에서 50세 사이에 크게 행운이 와서 51세에서 61세 사이에 더욱 발전한다.

· 산근고존(山根高存), 준두첨(準頭尖), 상진대(上脣大)

산근(山根)이 높고 준두(準頭)가 뾰족하며 입술이 약하면 남녀 모두가 자존심이 강하다.

41세에서 43세까지는 기복이 심하다가, 48세에서 59세 사이에 크게 패한다.

여자는 61세 이후에 자기 주장대로만 하다가 남편과 자식을 버리고 여자끼리만 살 팔자이다.

· 산근저함(山根底陷) 질액궁확대(疾厄宮擴大) 준두대(準頭大)

산근(山根)이 저함(底陷)하고 질액궁(疾厄宮)이 확대되고 준두(準頭)가 크면 마음이 연약하고 가지와 잎만 넓은 격이어서, 가지마다 병든 낙엽같아 결실을 크게 보려고 하지만 수확이 적다.

· 장목(長目) 장비(長鼻) 대구(大口)

눈과 코가 길고 입이 크고 입술이 두터우니, 삼대(三大)가 구비되어 25년간 대운이 계속 된다. 오대(五大)가 구비되면 58년간 대통운이다.

· 소목(小目) 대비(大鼻) 소구(小口)

남녀 모두 35세에서 40세까지는 욕심이 적어 분수에 맞게 생활하다가, 41세에서 50세 사이에 갑자기 분수에 넘치는 욕심이 생겨 작은 것을 큰 것으로 이루어 놓지만, 51세에서 60세 사이에 자식이 낭비해 버리는 격이다.

· 소목(小目) 소비(小鼻) 소구(小口)

오소(五小)를 겸비하면 평생 작은 복이라도 만족으로 알고, 삼소
(三小)를 겸비했으니 25년간 분수를 지키면 행복하다.

· 귀가 둥글며 풍부하고, 이마는 뾰족하며 저함하고,
눈썹은 청수하고, 눈과 코가 길고, 입이 크면

14세까지 유복한 가정에서 중학교 진학까지는 길하지만, 15세에
서 28세 사이에 부모에게 재난이 일어나 고학하는 신세가 된다.
13년간 자수, 자립, 공수로 풍상을 겪으며 고생한다.

눈썹의 31세에서 34세 사이에 늦게 결혼하며, 처가의 형제덕으로
서로 상부상조하여야 서서히 가정의 경제가 잡힌다.

눈의 35세에서 60세까지 25년간 크게 부부와 자녀의 자손까지
가정이 번창하여 대길하다.

제IV장.
유방 · 인중 · 승장
어깨 · 다리

유년부위 명칭도(流年部位 名稱圖)

左 右

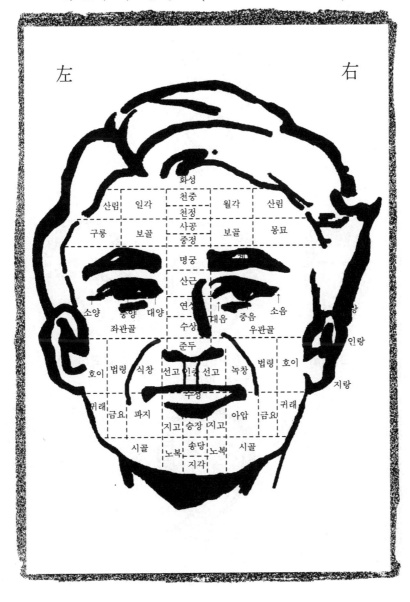

안면오행국(顔面五行局)

화국(火局)
불규칙하다.

목국(木局)
좁고 길다

토국(土局)
상하가 방방하다

금국(金局)
둥글다.

수국(水局)
유난히 크다.

1. 유방의 형태와 적용

(1) 접시유방

접시를 엎어 놓은 것같이 크지도 작지도 않은 단정한 모양이다. 정실궁이며 부부는 해로하고 자녀도 적당히 둔다. 애정관계가 깨끗하며 성생활이 명랑 쾌활하다. 남녀 모두 좌우 간격이 넓으면 좋다.

(2) 소(牛)유방

길고 아래로 쳐졌으며 꼭지가 검게 생긴 것을 말한다.

부부보다 자식에 대한 애정이 더 깊으니 모성애 또한 강하다.

자녀를 홀륭히 잘 키우며 만일 꼭지에 긴 털이 있고 배꼽까지 내려가면 귀공자를 출산하여 천하의 인자(仁者)가 지만, 남편은 바람끼가 있다.

(3) 팔자유방

도량이 크고 자식을 멀리 객지로 보내는 수가 많다. 쌍둥이를 출산하는 경우가 많고 부부애정은 갈라지게 된다.

(4) 사과유방

유난히 둥글고 붉은 모양으로, 꼭지도 둥글며 가는 털이 두세개 정도 있다. 좌우 간격이 넓고 준두가 풍부하면 대개 사과유방이라고 한다.

부부애정보다 자녀관계가 정신적으로 발전하여 3남2녀 격이며 복이 많다.

(5) 구수유방

젖꼭지가 오목하게 들어간 모양이다. 자녀와 부부인연이 모두 불길하다.

2. 인중의 종류와 적용

· **단일종문(單一從紋)**

좁고 실가닥 같은 모양으로 자식과의 인연이나 덕이 약해 자식을 극파한다. 건강도 불길하며 고독단신, 일편단심으로 외롭게 수양하며 살아야 한다.

· **단일횡문(單一橫紋)**

옆으로 가로지는 선이 있는 것으로, 질투심이 강하며 남편과 자식을 배척하고 자기의 주장대로만 살기 때문에 크게 패한다. 교통상의 횡액수도 있다.

· **단이중직문(單二重直紋)**

인중이 넓고 확실하게 네개의 모양으로, 남녀 모두 가장 정상적이고 순탄하며 잘 풀려 간다. 수명, 자식, 부부 모두 정상적으로 순조롭다.

· 이중횡문(二中橫紋)

인중에 두줄의 무늬가 옆으로 가로 놓여 있는 모양으로, 남녀 모두 아주 불길하다. 연속적으로 이중의 재난이 따르고 남자는 아내를 여자는 남편을 극파한다.

· 흠이 있으면

남녀 모두 기적적인 기변의 불상사가 자주 일어난다.

· 인중의 중간에 실같이 한줄로 섬이 되어있는 여자는

두집 자식을 낳거나, 두집 자식을 키워야 한다.

· 인중의 가운데 검은점이 있는 여자는

윗부분에 있으면 양(陽)이니 아들을 쌍태하고, 아랫부분에 있으면 음(陰)이니 딸을 쌍태한다.

· 인중의 끝이 입으로 들어가지 못하고 위로 채오르면

자식때문에 고생하는 일이 많다.

3. 승장의 종류와 적용

· **승장(承醬)이 저함(底陷)하면**

남녀 모두 60세 전에 재산을 물려주면 자식이 유산을 파산한다.

· **승장(承醬)이 고함(高陷)하면**

남녀 모두 60세 이전에 무리한 욕심으로 투기를 하다가 재산을
잃는다.

· **승장(承醬)과 지각(地閣)이 후퇴하면**

자시복이 없고, 말년에 무의무탁 신세가 된다.

· **승장(承醬)과 지각(地閣)이 풍부하고 법령(法令)이 원대하면**

남녀 모두 말년이 영화롭고 자식복이 많으며 가업이 번성한다.

· 승장(承漿)이 저함(底陷)하고 구각(口角)이 아래로 쳐지고 협소하면
남녀 모두 60세가 넘어 부부간에 비명횡사가 따른다.

4. 어깨의 형태와 적용

· 얼굴이 둥글고 목이 짧으며 어깨가 넓으면

남자는 뱃장이 좋고 부자로 살며, 여자는 복이 많고 금전에 대한 욕심도 많으며 가정에서 자기 주장을 한다.

· 얼굴과 어깨와 목이 길면

남녀 모두 의식(衣食)은 보통이나 총명하며 귀인 격이다.

· 얼굴이 길고 목이 짧으며 어깨가 넓으면

남녀 모두 초년복은 악하나, 중년부터 우연하게 형제나 친구의 도움을 받아 길하고 자식복까지 많다.

· 얼굴이 둥글고 목이 짧고 가늘며 어깨가 좁으면

남녀 모두 부모복은 있지만 형제와 친구의 덕은 없고 자식복도
약하다.

5. 얼굴과 다리의 관계

· **얼굴이 크고 다리가 짧으면**

걸어 다니지 않고도 천복을 얻어 부자로 산다.

· **얼굴이 작고 다리가 길면**

하늘은 복을 내리지 않았으니 자신의 노력으로 겨우 의식(衣食)을 해결한다.

· **얼굴과 다리가 길면**

천복, 인복, 지복이 따르고 동물처럼 자주 옮기며 활동하기 때문에 식복도 있다.

· 얼굴과 다리가 짧으면

참새처럼 자주 자리를 옮겨 다니기에 먹이를 조금 구하는 격이지
만 그런대로 식복은 있다.

· 얼굴이 비틀어지거나 찌그러지고 다리도 틀어져서 절뚝거리면

얼굴과 다리의 균형이 맞지 않으니 평생토록 풍파가 많고 파산하
며 재난의 빈도가 잦다.

※오행(五行)의 형태

· 목국(木局)

봄나무를 상징하니 가늘고 길다. 포플러 나무나 측백묘목 등 새
싹을 상징한다.

· 화국(火局)

하절기의 우거진 나뭇잎과 숲의 형상이며, 불이 불규칙하게 타오
르는 모양을 상징한다.

· 토국(土局)

초가을에 오곡이 고개를 숙이기 시작한 들판처럼 풍성하고 두툼

하면서 정리된 논과 밭처럼 네모모양으로 평평한 것을 말한다.

· 금국(金局)

가을의 무르익은 오곡과 둥근 과일처럼, 중심이 두툼한 공의 모양과 같은 것을 말한다.

· 수국(水局)

홍수가 난 바다처럼 넓고 깊어 확 트인 모양이다.

제 V 장.
점과 찰색법

1. 점(点)의 종류 및 적용

얼굴을 우주로 보았을 때, 코는 지구이며 이목구비(耳目口鼻)는 성진(星辰)으로 적용한다.

대개 성진(星辰)들은 일정한 괘도를 공전 또는 자전하고 있지만, 작은 떠돌이 별이 괘도를 벗어나 성진(星辰)들의 인력에 이끌려 이리저리 다니다가 충돌해 부서져 버리는 것을 유성이라고 한다.

그래서 일정한 괘도를 도는 성진(星辰)을 정성(正星)이라 하고, 떠돌이 별을 유성이라고 한다.

그래서 안면의 이목구비(耳目口鼻는 정성(正星)이 되며, 불규칙 하게 흩어져서 박힌 점이나 흄터나 사마귀는 유성으로 비유한다.

점은 도적이니 부딪히면 모두 불길하다. 부위별로 적용해 보면 모두 맞게 되어 있다. 먼저 상중하(上中下)의 삼형(三亭)과 음양

(陰陽)과의 원칙으로 붉은점과 검은점, 또는 푸른점과 흰점에도 각각 양성적인 것과 음성적인 것이 있다.

1. 점(点)의 종류

(1) 흑점
함정과 같고 우물이나 음(陰)인 밤과 같으며, 색이 옅은 흑점은 얕은 함정이나 물때 낀 수렁과도 같다.

(2) 붉은점
화산이나 폭발물과도 같으며, 붉은 기가 약하면 화로의 약한 불과 같다.

(3) 백색점
석산(石山)과 같고 큰 칼이나 서리같으며, 백색이 약한 점은 길바닥의 돌이나 새금파리 또는 작은 칼과 같다.

(4) 푸른점
숲이나 큰 나무와 같으며, 푸른 기가 약한 점은 잡초와 같다.

2. 점(点)의 부위별 적용

· 명궁(命宮)에 흑점이 있으면

육친과의 인연이 약하며 속세를 떠난다. 남자는 아내를 극하며
여자는 남편을 극하고 공방이 많다. 주로 8세, 20세, 28세, 36세
에 적용한다.

· 중정(中亭)에 있으면

첫번째 인연과는 이별하고 이중생활이 따른다. 부부에게 삼각관
계가 5년 동안 있으며, 25년에서 38년간 공방이 있다. 25세, 20
세, 35세, 45세에 적용한다.

· 사공(司空)에 있으면

대개 첩이나 애인의 부정 관계가 따른다. 좋은 상은 사공 벼슬을
하고 천한 상이면 다른 사람의 노예로 예속되어 22년간 계속된다.
남자는 명예는 널리 떨치지만 반평생을 타인에게 예속되어 산다.

· 산림(山林) 부위에 있으면

선산의 묘가 합장된다. 묘지 주변에 암석이 있어 독사나 화사 또
는 큰 뱀이 조상과 자손에게 해를 미치는 수가 많으나, 묘자리가
좋으면 상관없다.

· 산근(山根)에 흑점이 있으면

정신적인 결함과 장애가 있으며, 선산의 계통에 파란곡절이 생겨 심성에 결점과 장애가 있으니, 정신 불구자 격이다.

여자는 41세에서 가정에 파란이 생겨, 다른 남자와 애정으로 갈등이 생긴다.

남자는 불길한 상이면 결혼을 세번하지만, 결국은 독신이 되는 경우가 많다. 39세에서 51세까지 10년 동안 고해가 따른다.

· 연상(年上)에 있으면

남녀 모두 질병이 따른다. 44세에서 45세 사이에 신장에 크게 장애가 생겨 신액(身厄)이 따른다.

· 수상(壽上)에 있으면

5대조 이상의 고청묘지에 살이 끼고 묘를 여러번 파헤쳐서 해를 당한다.

· 오른쪽 눈썹부위에 있으면

여자는 친정과 외가가 패하고 형제가 불행을 당하며, 오른손에 상처를 입는다.

남자는 33세에 형제에게 불행 수가 있고 가정이 치명적인 피해를 입는다.

· 왼쪽 눈썹부위에 있으면

여자는 시집의 형제가 불화하니 불행하고, 자식을 두고 남의 집으로 시집가는 불상사가 일어난다. 남자도 형제가 불행하다.

· 오른쪽 눈썹부위에 있으면

남자는 외가, 처가, 형제, 여자 형제가 해롭고, 여자도 외가, 친정, 여자 형제가 해롭다.

· 눈썹 중앙인 가운데 숨어 있으면

남좌여우(男左女右)로 업과 같아서 좋은 점이 된다.

· 눈 주변에 있으면

24세, 38세에 적용하는데 가택이 불길하고 질병, 파산, 파옥(破屋), 손옥(損屋) 등이 있으며 주거가 일정하지 않다.

오른쪽에 있으면 외가가 패하고 왼쪽에 있으면 여자는 시가가, 남자는 본가가 패한다.

· 눈동자에 있으면

흑점은 총명하며 천하를 호령하는 기상이지만 남자는 왼쪽, 여자는 오른쪽에 있어야 길하다.

· 눈꼬리에 있으면

애인관계의 살이 되며 불길하다. 남자는 왼쪽이면 자기 애인이고
오른쪽이면 아내의 애인이다.

· 와잠(臥蠶)에 있으면

자녀 관계로 해롭다. 귀와 눈꼬리 선을 기준으로 해서 동갑이 되
고, 윗부분은 연상자, 아래부분는 연하자이다.

· 구각(口角)에 있으면

자궁 관계이며 좌양우음(左陽右陰), 상양하음(上陽下陰)으로 적
용한다. 여자는 점이 구각에 있으면 음부에도 있는데 똥파리에 비
유한다.

· 귀의 앞면에 있으면

귀가 좌우 모두 잘 들리지 않는 수가 있다.

· 관골부위에 있으면

눈 아래 바같쪽으로 있는 점은 자녀와 관계가 있다.

· 코부위에 있으면

재산과 관계가 있으며, 남자는 왼쪽 여자는 오른쪽에 있으면 재
산을 축낸다.

2. 찰색법(察色法)

색이란 원래 있는 것이 아니다. 그것은 우리가 살고 있는 지구의 모체인 태양에서 발하는 빛에 의해서 물체가 반사작용을 해서 우리 눈에 일정한 색으로 보이는 것이다. 캄캄한 암실이나 밤에는 색을 볼 수 없는 것은 빛이 없기 때문이다.

이와같이 빛이 없으면 색이란 있을 수 없고 모든 것이 검게만 보일 것이다.

태양에서 비치는 삼원색이란 노랑, 빨강, 파란색이고 모두 합하면 검은색이 된다. 다시 삼원색을 배열하면 중간 중간이 중화되어 중간색이 되므로 일곱가지 색으로 된다. 그래서 비가 온 후에 태양이 물방울에 비치면 아름다운 일곱가지 색의 무지개가 보이는 것이다.

태양계에서는 칠성(七星)이 인간과 밀접한 관계가 있으므로, 인체에서의 하늘인 얼굴의 일곱개의 구멍으로 칠성(七星)의 정기를 받아 체내의 각 기관을 움직이게 하는 것이다.

이같이 칠성(七星)의 정기와 반사작용으로 일곱가지 색이 반사되어 보이는 것이다.

목성(木星)의 반사색인 푸른색, 화성(火星)의 반사색인 붉은색, 지구와 토성(土星)의 반사색인 노랑색이 삼원색이 되고. 금성(金星)의 반사색인 흰색을 모두를 합하면 흑색(黑色)이 되는 것이다.

안색(顔色)이란 만물의 영장인 인간에게만 있는 것으로 인체의 각 기관인 오장(五臟)과 색과의 관계를 살펴보며 색의 구별과 길흉을 짚어보기로 한다.

1. 청 색(靑色)

간장에서 생겨 심장으로 전달되고 수부위(水部位)와 화부위(火部位)를 생양생강(生養生康)하는 작용을 한다. 좌관골(左觀骨), 좌미(左)眉), 좌간문(左奸門), 좌법령(左法令)인 왼쪽에서 생겨서 오른쪽으로 돌아간다.

청색(靑色)은 정청색(正靑色), 중청색(中靑色), 병청색(病靑色)

으로 분류하고 적용하는 방법은 다음과 같다.

(1) 정청색(正靑色)

청용색(靑龍色)이라 하여 대길하다. 생기있고 윤기가 분명한 나뭇잎이 자라나는 색이니, 봄의 새싹을 연상하면 된다.

인(寅) , 묘(卯) , 진(辰)월인 1월, 2월, 3월에 생겨서 여름철에 왕성하다.

· 봄철에 인묘진궁(寅卯辰宮)에 나타나면

관과 부가 겸하여 크게 발전한다.

· 간문(奸門)에 나타나면

재복이 많은 여자와 녹을 더한다.

· 관골(觀骨)에 나타나면

지위상승, 가택경사, 자손경사가 생긴다.

· 명궁(命宮)에 나타나면

청운의 뜻을 크게 품고 향상한나.

· 질액궁(疾厄宮)에 나타나면

처음에는 곤란한 일이 있으나 나중에 목(木)인 간이 왕하니 크게
형통할 수이다.

· 준두(準頭)에 나타나면
식복과 금전이 크게 형통할 수이다.

· 법령(法令)에 나타나면
옥문이 열리니 왕을 뵙고 해외로 진출할 수이니 크게 형통한다.

· 지각(地閣)에 나타나면
자녀가 록을 얻을 수이며 대길하다.

(2) 중청색(中靑色)

청색(靑色)과 황색(黃色)의 중간색으로 정청색(正靑色)이 용이라
면 중청색(中靑色)은 뱀에 비유할 수 있다. 대개 처음에는 근심이
생겨 불길하나 나중에는 길하게 된다.

정오에 호박잎이 시들고 나뭇잎이 생기를 잃은 모습으로, 윤기가
약하여 걱정스러우나 강렬했던 햇빛이 기우는 석양이 되면 기운을
되찾는 것과 같고, 나무가지를 꺾으면 나뭇잎이 시들었다 다시 회
복되는 이치이다.

하루로는 정오, 일년으로는 여름나무에 해당한다. 입춘(立春)부

터 입하(立夏)시기에 생겨서 음력 정이월(正二月)인 2~3월에 왕성하다.

　중청색(中靑色)은 목(木)이니　토(土)인 코부위에서는 상극이므로 좋은 일이 없다.

· 간문(奸門), 와잠(臥蚕), 눈밑에 나타나면

　길과 흉이 겹쳐 처음에는 부부와 자녀의 근심이 따르다가 뒤에 길하다.

· 관골(觀骨)에 나타나면

　관직자는 파직이나 실직의 근심이 있다가 나중에 복직된다.

· 지각(地閣)에 나타나면

　노복과 부하를 잃고 뒤에 새로 생긴다.

· 질액궁(疾厄宮)에 나타나면

　위장병이 생기며 신액(身厄)이 있고 놀랄 일이 자주 생긴다.

· 명궁(命宮)에 나타나면

　수심과 걱정이 따르다가 귀인의 도움을 받아 전화위복이 되어 길하게 된다.

(3) 병청색(病靑色)

청색(靑色)에 여러가지 희미한 색이 혼합되어 있는 지렁이의 색으로, 불길하고 백사가 불성이니 재난과 실패가 연속해서 따른다.

가을에 시들거나 병들어 떨어지는 낙엽으로 생기와 윤기가 전혀 없는 병청색(病靑色)은 어디에 나타나든지 나쁘며, 부위와 관련지어 적용하면 된다.

· 와잠, 간문(奸門)에 나타나면
자녀와 부부의 이별이 따른다.

· 준두(準頭), 재백궁(財帛宮)에 나타나면
재산의 피해가 있다.

· 명궁(命宮)에 나타나면
모든 일이 완전히 막혀 버린다.

· 눈썹부위에 나타나면
형제자매가 피해를 당한다.

· 관골(觀骨)에 나타나면
실직이나 파직을 당하고 부모에게 걱정이 생긴다.

· 인중에 나타나면

신병, 신장병, 냉증 등으로 고생한다.

· 법령(法令) 승장(承醬)에 나타나면

객지에서 교통사고를 당하거나 형살이 계속된다.

· 눈동자에 나타나면

앞을 볼 수 없게 되고 큰 관액이 따른다.

2. 적 색(赤色)

심장에서 생기는 색으로 자색(紫色) , 홍색(紅色) , 적색(赤色)으로 구분된다.

(1) 자색(紫色)

자색(紫色)은 아주 귀한 색으로 신선의 색이라 하여 대길, 대창, 대성의 색이다. 심장에서 나온 자색(紫色)은 신선이 되어 옥황상제의 반가운 상을 받는 것과 같다.

옥황상제인 북극성의 정기를 받은 색으로 일반인에게는 평생을 통해서 한번도 나타나지 않으며 오직 물욕이나 잡념없이 천리(天

理)에 순응하며 깨달은 신선(神仙)이나 도인(道人)에게만 나타나는 귀한 색이다.

은색과 같이 은은하고 밝아 부드러운 것을 말하며, 명궁(命宮) 등에 자색(紫色)이 있으면 황제가 된다.

(2) 홍색(紅色)

밝은 중간색으로 중화된 부드러운 정기의 색이다. 심장의 피가 골고루 안배되어 있는 듯한 색으로 일반인에게는 화기가 만발하는 기색(氣色)이다.

기(氣)가 족하며 붉지도 푸르지도 누렇지도 않고 맑고 깨끗하여 만족스럽게 보이는 밝은 색을 말한다.

흔히 자색(紫色)으로 혼동하기 쉽지만, 어느 부위에 있든 좋다.

(3) 적색(赤色)

밝은 화색(火色)인 적색(赤色)은 화성(火星)이 메말라 태양의 가열에 의해 불로 변하는 색이며, 심장에서 피가 골고루 돌지 못하는 것처럼 불길하며 조급한 색이다.

적색(赤色)은 심장에서 나오는 색으로 주로 눈동자나 이마부위, 관골(觀骨), 준두(準頭), 연상부위(年上部位), 수상부위(壽上部位), 산근(山根) 등에 많이 나타난다.

범죄자에게 많이 적용된다.

· 왼쪽 눈에 나타나면

가정에 재난이 생긴다.

· 오른쪽 눈에 생기면

다른사람의 모해가 생긴다.

· 눈동자를 관통하면

병란이나 27일 이내에 우환이 생겼다가 49일만에 물러간다. 이칠화(二七火)로 불이 일어나면 7·7의 49일은 금(金)이니, 돈이 무너져야 불이 꺼진다는 뜻이다.

· 산근(山根)에 나타나면

복통이나 대장에 병이 생기고 마음이 크게 상해 풍파가 생긴다.

· 연상, 수상, 질액궁에 나타나면

병난이 일어나고 교통사고나 낙상 또는 상해의 피해를 입는다. 건강 관계에 많이 적용된다.

· 준두(準頭)에 나타나면

창고에 불이 붙는 격이니 금전, 관재, 재물의 손해가 따르고 화액(火厄)도 조심해야 한다.

· 관골(觀骨)에 나타나면

여자는 남자를 극하고 외부의 모략과 방탕의 조롱이 생겨 패가망신이 따른다. 이런 경우는 적색(赤色)은 남(南)이고 북(北)은 수(水)이니 북쪽으로 가서 수양하면 수극화(水克火)로 액을 면할 수 있다.

그 외의 경우에도 이런 이치로 적용하면 된다.

3. 황 색(黃色)

(1) 황정색(黃正色)

초가을 들판의 무르익어 가는 곡식같고 밝고 윤기있는 보름달과 같은 황금색으로 대길하다.

우주상으로는 지구의 땅이 최고의 가치와 빛을 내는 시기로 토(土)색이라고도 한다.

인체로는 토(土)부위인 위장이며, 여름의 화(火)인 심장에서 생겨 화생토(火生土) , 토생금(土生金)으로 가을의 금(金)인 허파를 보혈하고 수(水)인 신장을 극하며, 오행(五行)의 중부를 상호응혈(相互應血)하는 가장 중요한 역할을 한다.

이마를 일월(日月)이라 하니 절반 정도는 황정색(黃正色)이어야 길하다. 만일 절반이 안되면 불길하다.

황정색(黃正色)은 어디에 있어도 길하며 코부위를 축소하면 지구이니, 이 곳에 있어야 재복도 있고 몸도 건강하다.

초가을의 맑은 공기와 살찐 들판을 상징하니, 이 색은 어느 궁에 있어도 모두 길하다.

· 이마부위에 크게 나타나면

관록, 부모, 명예 모두가 길하다.

· 명궁(命宮)에 나타나면

매사에 형통할 수이다.

· 법령(法令)에 나타나면

법령(法令)은 장유수(長流水)이니 초가을 전답의 물개를 쳐내 맑은 물이 흐르도록 하는 시절이기에 크게 향상한다. 자녀, 원근출행 등 매사에 길하다.

· 관골(觀骨)에 나타나면

권리를 보존하며 사회활동이 크게 발전한다.

· 명궁(命宮)에 나타나면

크게 정진한다.

· 코부위에 나타나면
온 들판에 만숙된 벼가 있는 것과 같으니 재물의 홍왕을 뜻한다.

· 지각(地閣)이나 승장(承醬)에 나타나면
부하나 자녀 모두 크게 길하며 득이 있다.

· 간문(奸門)에 나타나면
부부가 대길하고 결혼할 사람은 식복과 녹이 많은 배우자를 만나
게 된다.

· 질액궁(疾厄宮)에 생기면
건강이 길하다.

· 역마궁(驛馬宮)에 나타나면
출행에 크게 형통한다.

· 중정(中正)에 나타나면
아내의 내조가 좋다.

(2) 황변색(黃變色)

들판의 벼가 바람맞아 변색이 된 어두운 색으로 지체의 색이다.

(3) 황패색(黃敗色)

벼가 윤기가 없이 검게 죽어버린 한심한 들판을 뜻한다. 붉고, 검고, 누런색이 혼합된 이 황패색은 어느 부위에 있든 부위별로 모두 불길하다.

4. 백 색(白色)

폐에서 생겨 위장으로 토생금(土生金)하여 생육하고, 신장(콩팥) 인 수(水)를 금생수(金生水)로 생합배수(生合配水)한다.

백은 서쪽이며 금색인 가을에 왕하고 겨울에 응하며 봄철에 극하고 여름에 죽는다.

우주상으로는 금성(金星)의 반사작용이며 가을의 날씨처럼 상쾌한 것을 백정색(白正色)이라고 한다.

단풍이 우수수 떨어지고 서리가 내려 만물을 숙게 하는 것을 백병색(白病色)이라 하고, 백병색(白病色)과 백정색(白正色)의 중간색을 백중색(白中色)이라고 한다.

(1) 백정색(白正色)

가을에 금은보화를 얻을 수이며 크게 형통한다. 각 궁에 특징대로 적용하면 된다.

(2) 백병색(白病色)

서리가 내려 만물이 완전히 윤기를 잃어서 밀가루를 뿌려놓은 것처럼 뿌연 색으로, 상복을 입을 수이니 불행하고 실망과 실의가 따르며 신액(身厄)이 있다.

· 명궁(命宮)에 나타나면

관직자는 파직하고 실업가는 파산하며 기술자는 몸을 상하는 수가 있다. 산림과 관계있는 사람은 살생하지 말며, 어부는 바다에서 놀랄 일이 생기며, 식육업자는 보건 위생에 유의해야 한다.

장의사는 크게 매진되며, 운수업자는 49일 이내에 직업을 바꾸고, 건축업자는 건축이 지연되며, 채소 경작자는 서리가 내리니 확장하지 말아야 한다.

또 교육자는 자진해서 사표를 내는 것이 유리하며, 철학자는 절을 찾아 공을 드리면 액을 면할 수 있다.

· 간문(奸門)에 나타나면

부부가 생이별한다.

· 와잠에 나타나면
자녀를 극한다.

· 질액궁(疾厄宮)에 나타나면
폐병을 조심해야 한다.

· 준두(準頭)에 나타나면
금전에 크게 부도가 난다.

· 인중에 나타나면
신병에 조심해야 한다.

· 법령(法令)에 나타나면
죄인이 될 수 있으니 조심해야 한다.

· 승장(承醬)에 나타나면
회갑년에 큰 환이 생기니 처자를 버리고 집을 피하여, 49일간 기
도를 하면 액을 면할 수 있다.

· 눈썹에 나타나면
형제의 복을 입는다.

· 중정(中正)에 나타나면
연속적으로 상처한다.

· 사공(司空)에 나타나면
22일만에 실직 당한다.

· 보골부위(補骨部位)에 나타나면
부하가 도망간다.

· 산림부위(山林部位)에 나타나면
산신에게 29일에서 49일 동안 기도를 드려야 한다.

· 발제천정(髮際天廷)에 나타나면
소년이나 소녀가 연달아 학업이 중단된다.

· 유방에 나타나면
연속적인 산액(産厄)이 따른다.

· 가슴에 나타나면
 남자는 자기 자식보다도 남의 자식을 사랑하는 마음이 생기고,
여자는 남편을 버리고 모녀끼리 4년 9개월을 살아야 한다.

5. 흑 색(黑色)

신장에서 생기니 신장이 허하면 귀가 울리고 준두(準頭)부위가 거무스름하며 겨울에 왕하고 여름에 쇠약하다. 성진(星辰)으로는 수성(水星)의 반사작용이다.

윤기있고 깨끗하면 흑정색(黑正色)이고 윤기가 없고 깨끗하지 못하면 흑병색(黑病色)이며, 조금 엷게 검으면 흑중색(黑中色)이라 하여 막힌 격이다.

(1) 흑정색(黑正色)

윤기있고 색이 깨끗하며 조화가 잘되면 겨울에 좋은 일이 생긴다. 각 궁마다 특징대로 적용하면 된다.

(2) 흑중색(黑中色)

조금 엷게 생기면 점차 일이 막혀 가고 모든 일이 허사가 되어 걱정이 따른다.

(3) 흑병색(黑病色)

윤기가 없고 깨끗하지 못한 색이니 백사가 불길하다.

· 명궁(命宮)에 나타나면

16일 이내에 사망의 환이 생긴다.

· 이마에 나타나면

정신분열 등의 정신질환이 일어난다. 수극화(水克火)로 백사가 불길하다.

· 간문(奸門)에 나타나면

처나 첩과 이별하고 슬픈 일이 연속적으로 생긴다.

· 재산궁에 나타나면

흑정색(黑正色), 흑중색(黑中色), 흑병색(黑病色)을 막론하고 점차 재물이 흩어져서 모두 소모된다.

· 질액궁(疾厄宮)에 나타나면

소화불량이나 위장병이 생긴다.

· 인중에 나타나면

난치병에 걸리기 쉬우니 조심해야 한다.

· 일각이나 월각에 나타나면

해와 달이 구름 속에 들어 가는 격이니 부모에게 신병이 생기거나 상복을 입는 일이 16일 이내에 생긴다.

· 법령(法令)에 생기면
관절통이나 신경통이 생기고 법률을 위반하는 일이 생긴다.

제 VI 장.
물형적용법 (物型適用法)

1. 물형적용법(物型適用法)

물형(物型)을 적용함에 있어서 체구가 크면 소, 돼지, 곰, 호랑이, 사자 등으로 비유하고, 보통이면 개, 고양이, 염소 등으로 비유하며, 체구가 아주 작으면 참새 등으로 비유하면 한다.

이와같이 우리 주변에서 접하기 쉬운 동물의 특징을 이마나 눈썹, 눈, 코, 귀 등을 찾아서 두세가지만 닮았어도 해당되는 동물로 적용하는데, 특히 눈썹과 눈에서 물형(物型)의 특징이 가장 많이 나타난다.

눈썹은 소인형도에서 볼 수 있듯이 어깨에 해당하고 직업, 형제, 친구, 사회, 휴게실이며 소뇌의 표현작용으로 성격이 가장 잘 나타나는 곳이다.

눈썹이 잔잔하고 청수하면 성격도 침착하며 부드럽고, 거칠면 성격도 환경도 모두 거칠다.

눈은 마음의 창이니 맑고 부드러우면 마음도 온화하고 가정도 원만하고, 지저분한 사람은 마음과 가정 모두가 지저분 하고, 눈에 살기(殺氣)가 있으면 가정도 편안하지가 않다.

또한 눈은 해와 달이니 맑아야 좋은 날씨에 화창한 기분이 될 것이다.

눈썹을 물형(物型)에 비유할 때, 동물은 털이 있기 때문에 눈썹을 따로 구분하지 않는다. 호미(虎眉)라고 하면 실제의 범눈썹을 보고 비유하는 것이 아니라 범의 형태를 말하는 것이다.

눈을 물형(物型)으로 적용함에 있어서 공중을 날아 다니는 날짐승이나, 물 속을 헤엄치는 어류는 상하 전후 좌우를 살펴야 하기에 둥근 고리눈으로 생긴 것이다.

땅 위에서 걷거나 뛰는 네발 달린 동물은 지평선 아래는 투시되지 않기에, 반달모양으로 아래 눈꺼풀이 수평으로 생겼다.

그래서 눈을 날짐승에 적용할 때는 윗 눈꺼풀만을 적용한다. 윗 눈꺼풀이 조류의 눈처럼 부드럽고 둥글면, 마음도 부드럽고 정감이 있어 가정도 원만하다.

만일 윗 눈꺼풀이 부러진 활과 같거나, 삼각형이거나, 너무 작거나, 불쑥 튀어 나왔거나, 움푹 들어갔거나, 지저분하면 화목(火目)으로 가정살이가 원만하지 못하고 어려워 마음 고생이 심하다.

눈에 살기(殺氣)가 강렬하면 살생하는 동물의 눈으로 범, 사자, 늑대, 고양이 등솔개, 매, 독수리 등과 같이 육식동물에 적용하면 된다.

동물의 왕이라는 사자의 눈은 윗 눈꺼풀이 일(一)자로, 위로는 볼 것이 없고 아래것들만 살펴보니 아래 눈꺼풀이 굽어 있다.

따라서 윗 눈꺼풀이 일(一)자에 가까울수록 아래 사람을 무시하는 성격을 가진 사람이다.

같은 물형(物型)이라도 오행(五行)과 잘 조화되어 있으면, 물형(物型)대로 상급 인생이고 여러가지 물형(物型)이 혼합되어 있으면 변화가 많아 힘들다.

1. 물형적용(物型適用)의 예

· 우상(牛相)

큰 체구에 토액(土額), 토미(土眉), 토목(土目), 토비(土鼻)이면 균형이 좋은 소가 된다.

소는 목에 멍에를 매고 논밭을 갈기에 우상(牛相)이면 목 뒷부분에 점이 있다. 상단에 있으면 힘들게 일하는 소, 하단에 있으면 수월하게 일하는 소, 중간에 있으면 평범한 소, 목 옆에 있으면 일하지 않고 초원에서 풀을 뜯는 소에 적용한다.

· 웅상(熊相)

얼굴과 이마, 눈썹, 눈, 코 등 모두가 북실해 보이는 모양을 곰

형이라고 한다.

· 견상(犬相)

개는 화미(火眉)로 약한 울타리를 밤잠도 자지 않으면서 지키고, 주인의 눈치를 보는 버릇으로 삼각형의 눈으로 화목(火目)이다.

코는 정위난대(廷尉蘭坮)에 화(火)가 범하여, 들쑥 날쑥하며 냄새를 잘 맡기에 벌신거려 콧구멍이 다소 드러나 보인다.

이는 듬성 듬성 나있는데 듬성 듬성 자란 작물이 뿌리가 튼튼하듯이, 이가 튼튼해야 주인이 먹고 남은 뼈를 얻어 먹을 수 있다.

· 마상(馬相)

얼굴은 목국형(木局型)으로 길며, 눈썹은 말이 달리는 형태이다.

목미(木眉)로 눈썹머리보다 꼬리부분이 다소 가늘며 유선형으로 보인다.

눈은 금목(金目)으로 머리부분이 힘있게 둥글며, 꼬리부분은 가늘며 길다.

코는 목비(木鼻)로 가늘고 높으며, 가쁜 숨을 쉬기에 정위난대(廷尉蘭坮) 부위가 벌신거려 콧구멍이 다소 드러나 보인다.

· 원숭이 상

원숭이는 땅 위의 네발 동물이면서 사람과 비슷하지만, 땅에서만 사는 것이 아니라 나무 위에서 이리 저리 옮기며 생활하기 때문에, 반은 조류이고 반은 지상동물의 형태이다.

눈은 윗 눈꺼풀이 약간 둥글고, 아래 눈꺼풀도 약간 둥글게 굽은 것이 특징이다.

살비듬이 환하지 못하고 얼굴에 털이 많으며, 특히 이마부위에 머리털이 나있는 것을 원숭이 상이라고 한다.

· 날짐승

대개가 금액(金額)으로 이마는 둥글고 관골이 나오지 않았으며, 입술이 얇은 목구(木口)인 것이 특징이다.

눈썹은 날개로 적용하니 제비형에 금미(金眉)면, 가을이 되어 제비가 강남으로 돌아가려는 제비이다.

목미(木眉)는 봄에 찾아 온 제비이고, 수미(水眉)는 물 위에서 비행훈련을 하는 제비로 구분한다.

· 호미(虎眉)

어수선하고 무섭게 보이며, 눈썹꼬리가 범의 꼬리처럼 올라간 화미(火眉)를 말한다.

· 사미(蛇眉)

뱀이 구불 구불 기어가는 것 같은 모양이다.

· 저미(猪眉)

돼지가 지저분한 우리에서 이리저리 꿈틀거리며 있는 것 같은 모양으로 화미(火眉)를 말한다.

· **견미(犬眉)**

울타리가 약해도 개가 지킨다는 뜻에서, 듬성 듬성 나있는 화미(火眉)를 말한다.

· **우미(牛眉)**

소가 앞뒤로 방방하니 토미(土眉)를 말한다.

· **학미(鶴眉)**

날씬하게 날아가는 날개란 뜻이니, 청수한 목미(木眉)를 말한다.

· **용미(龍眉)**

용은 가상동물이니 3월인 용의 달에 새싹이 하늘로 치솟아 오름을 뜻하니, 매우 청수하고 귀인 형의 목미(木眉)를 말한다.

· **계미(鷄眉)**

닭은 성질이 급해 싸울 때 꼿꼿이 서 있는 목미(木眉)를 계미(鷄眉)라 하고, 숫닭의 눈썹으로 적용한다.

· **귀신 눈썹**

엉성하니 도깨비 불이 여기 저기 뻗쩍대는 것처럼 어지러운 모양을 말한다.

· 호미(虎眉)에 호목(虎目)에 호비(虎鼻)는

군인장교나 경찰간부, 또는 권력기관에서 50세까지 꾸준하게 권력을 누린다.

· 호미(虎眉)에 마목(馬目)은

비행기 조종사, 버스 기사 등과 관계있다.

· 우미(牛眉)에 우목(牛目)에 우비(牛鼻)는

농장경영이나 축산업으로 부를 누린다. 관리로는 농협, 축협, 또는 지방 공무원이 된다.

· 우미(牛眉)에 견목(犬目)은

힘겨운 노동자가 된다. 호미(虎眉)에 학눈과 학의 코라면 34세까지 권력기관에서 근무하다가 35세에 문관이나 학계로 진출한다.

· 호미(虎眉)에 호목(虎目)에 견비(犬鼻)면

40세까지 권력기관에서 간부로 발전하다가, 40세가 넘어 코부위에서 생명이나 재산 중 하나를 잃게 된다.

· 금액(金額)에 목구(木口)에 관골이 튀어나오지 않았으면

조류로 비유한다,

2. 인생 12등급의 예

· 1등급

눈이 잘생겼으니 마음도 가정도 원만하다.

· 2등급

이마가 좋으니 조상덕과 관록이 있다.

· 3등급

코가 좋으니 재산복이 있고 부부가 화목하다.

· 4등급

눈썹이 좋으니 형제나 친구의 협조가 많고, 좋은 직업으로 즐겁게 살아간다.

· 5등급

성악가나 아나운서 등과 같이 입복으로 먹고 산다.

· 6등급
귀가 잘생겼으니 좋은 가정에서 태어나 건강하게 자란다.

· 7등급
어깨가 딱 벌어졌으니 어깨복으로 먹고 산다. 간혹 깡패나 극장 기도 또는 권력기관에 연결된 직업에 종사하기도 한다.

· 8등급
손재주가 있으니 손복으로 먹고 산다.

· 9등급
뱃장이 좋으니 간혹 행운을 얻기도 한다.

· 10등급
사타구니 염복이 있다.

· 11등급
엉덩이 복으로 밑자리가 무거워 간혹 행운을 얻기도 한다.

· 12등급
다리가 길어 걸음이 빠르니 심부름을 해서 먹고 산다.

3. 오행복식(五行復式)

· 木 중에 木
대나무, 은행나무, 포플라 등과 같이 수형이 가늘고 긴 나무.

· 木 중에 火木
이리 저리 불규칙하게 우거져 너울거리는 가시덤불 모양의 나무.

· 木 중에 土木
무궁화나 목단같이 뿌리에서 새순이 올라와 네모처럼 보이는 입체적인 네모꼴 나무.

· 木 중에 金木
느티나무같이 묵은 나무나 우산같이 둥근 모양의 가을나무.

· 木 중에 水木
수양버들처럼 비가 내리듯 늘어진 나무.

· 火 중에 木火
호롱불이나 촛불처럼 불꽃이 나무처럼 길게 올라가는 불.

· **火 중에 火**

불이 바람에 이리 저리 나부끼며 번지고 있는 모양.

· **火 중에 土火**

네모상자나 화로에 담아놓은 불.

· **火 중에 金火**

전구나 가로등 같이 둥근 모양의 불.

· **火 중에 水火**

서산에 지는 해나 아래로 흘러 내리는 불.

· **土 중에 木土**

가늘고 길게 정리되어 있는 전답. 나무나 곡식이 우거진 땅.

· **土 중에 火土**

고르지 않고 울룩 불룩하며 불규칙한 땅.

· **土 중에 土**

네모꼴로 정리된 땅이나 8월의 무르익어 가는 전답.

· **土 중에 金土**

둥근 모양의 들판이나 수확기의 들판.

· **土 중에 水土**

물기가 많은 겨울 들판이나 땅.

· **金 중에 木金**

철봉같이 긴 쇠나 조상의 선산에 서 있는 망주같은 것.

· **金 중에 火金**

고철을 모아놓은 모양같이 울퉁 불퉁하게 생긴 바위 등.

· **金 중에 土金**

네모꼴의 금이나 쇠 또는 묘 앞에 있는 돌상석 등.

· **金 중에 金**

구슬이나 공처럼 둥근 쇠나 돌.

· **金 중에 水金**

흘러 내리는 자갈이나 모래 등.

· **水 중에 木水**

가늘게 흐르는 시냇물이나 폭포.

· 水 중에 火水

비가 내린 후, 땅이 여기 저기 패여 물이 고여있는 모양.

· 水 중에 土水

네모상자나 들판에 네모꼴로 파놓은 물덤벙.

· 水 중에 金水

물모양이 둥근 것.

· 水 중에 水

겨울 밤의 차가운 물이나 넓은 바다의 물. 또는 북쪽 바다.

Ⅶ. 팔 괘(八 卦)

1. 이마의 팔괘 주문(八卦主紋)

1. 간괘문(艮卦紋) ☶

우리나라는 간(艮)에 속하는 방위와 지형이라는 것을 참고한다. 한국의 민족성에 대표적인 괘문(卦紋)이고 인간상이다. 간산(艮山)의 정기로 운이 오면 계속 오고 운이 가면 계속 가는 특성이 있으니 길게 본다는 뜻이다.

이런 사람은 소남(小男)과 인연이 있으며 소년시절에 부모나 조부모의 사랑을 많이 받은 사람이지만, 부모를 잃거나 이별하는 경우도 많다.

대개 맨손으로 초년부터 기반을 쌓아 28세에서 40세 사이에 자수성가해, 재복가가 되거나 중년 이상까지 고관이 되는 경우가 많

다. 50세에 산근(山根)이 저함(底陷)하면 패가살이 많지만, 수구
(水口)인 사람은 자손복이 많다.

산으로 적용하면 목산(木山)을 화부위(火部位)부터 각각의 눈썹,
코, 입을 순서대로 오행상(五行上)으로 적용하면 된다.

2. 진괘문(震卦紋) ☳

봄나무인 진(震)은 장자가 부모의 업을 이어 동생들과 부모를 돕
는 격이다. 봄나무로 화(火)에 생왕(生旺)하니 일찌기 가도가 흥
창발복하여 큰 뜻과 공이 있다.

가장 좋은 팔괘(八卦) 주수문(主壽紋)이며 가장 정상적이고 대표
적인 동양인의 괘문(卦紋)이다.

천인지(天人地) 삼재(三才)의 정기를 받아 이음일양(二陰一陽)을
구성해, 밖으로는 냉정해 보이지만 안으로는 온화하고 정직하여
성품이 좋은 사람으로 효성이 있고 자식복도 좋다.

3. 손괘문(巽卦紋) ☴

장녀와 인연이 많다. 운세는 바람과 같아 처음에는 침착하고 내

성적이나 점차 양성(陽性)으로 변해, 도박이나 바람이 나게 되면 가산을 패하는 큰 흉액살이 비친다.

거짓말을 잘하여 신용을 잃기 때문에 멸시받는 일이 많고 신액이 따른다. 수족에 힘이 많으니 풍병에 조심해야 한다.

관액수가 있고 모략을 자주 당하며 초년에는 고독하다. 이마는 화(火)이니 손은 바람으로 적용한다.

4. 리괘문(離卦紋) ☲

중녀(中女)와 인연이 있으며, 둘째라도 장자 역할을 해야 한다. 운수 방위는 남쪽에 들어 화(火)에 화(火)이니 관재나 구설 등의 살기(殺氣)가 있고 좋았다 나빴다 하는 흥패가 아주 심하다.

초년에는 기복이 많고 중년에는 길하며 말년에 패하는 수가 많다. 초년의 이마는 화(火)에 화(火)이고, 중년의 코는 토(土)에 화(火)이며, 말년의 입은 수(水)이니 수(水)에 화(火)가 된다.

수국인(水局人)이나 금국인(金局人)은 상극으로 불길하고 목국인(木局人)이나 토국인(土局人)은 길하다. 아내의 내조와 주장대로 살게 되며 말년에는 딸의 덕을 본다.

5. 곤괘문(坤卦紋) ☷

어머니의 혈기와 성격을 닮고 흥패가 세번 따르며, 일생에 문서
나 농장을 크게 소유해 형통하는 수가 있다. 남자인 경우에는 아
내가 어머니의 재산을 낭비하는 경우가 더러 있지만 아내복이 좋
다.

운은 서남쪽이 생왕(生旺)하며 二의 수에서 시작된다. 대개 부모
의 유산이 많지만 지키지 못하고, 어머니의 영향이 커서 외가의
인연으로 해를 입는다. 화생토(火生土)로 적용한다.

6. 태괘문(兌卦紋) ☱

소녀와 인연이 크며 소녀가 효도한다. 서방(西方)의 정기를 닮아
덕(德)을 펴서 덕가(德家)가 되고, 일생에 금전을 많이 만지며 운
수는 七에서 시작되는 수가 많다.

초년에는 고생하지만 중년은 길하고 말년에는 대길하다. 한편 조
실부모하는 수가 많지만 부부는 화목하다. 적소성대(積小成大)의
대성대패(大成大敗)하는 수가 많다.

화부위(火部位)에 금(金)이니, 화극금(火克金)하여 명예와 금전
이 상반하는 수가 많다. 관록자나 상업 이나 공업에 종사하며 반

관반민(半官半民)으로 재정 직업자가 많다.

7. 건괘문(乾卦紋) ☰

건(乾)은 하늘이고 아버지이니 건(乾)이 겹쳤거나 금액(金額)에 건(乾)이면 아버지의 피가 강하여 어머니가 두분이 되는 수가 많으며 아버지의 성격을 닮는다.

인내심이 강하고 투기를 즐기며 흥패가 극심해 일생에 흥패가 세번 따르며 속성속패(速成速敗)한다.

여자문제로 피해와 비통함을 겪으며 대개가 초혼은 실패한다. 아내복이 없고 운은 六에서 소생한다.

이마는 화부위(火部位)이니 화극금(火克金)으로 적용되어 명예는 소년시절부터 있으나 재산은 패한다. 부모의 재산을 놓지 않고 죽을 때까지 쥐고 있어야 길하다.

8. 감괘문(坎卦紋) ☵

너무 차가우니 차라리 여름이 길하다. 초년은 화극수(火克水)로 부모복은 약하나 아내복이 많고, 아내의 주장대로 살림을 한다.

초년인 30세까지는 이사나 변동이 많고 직장이나 직업의 변동이
심하며, 갖은 풍상을 겪다가, 운이 一에서 일어나 무(無)에서 유
(有)를 형성하니 말년은 길하다. 남녀간에 색정의 풍파가 많다.
수(水)로 적용한다.

2. 팔괘 (八卦)

얼굴 윗부분인 이마에 주문(主紋)이 팔괘(八卦)로 점지되어 있으니, 이를 알기위한 방법으로 팔괘(八卦)를 이해해야 하기 때문에 간단하게 설명을 하고 관상에 적용해 보기로 한다.

괘(卦)란 천인지(天人地)의 삼정(三亭)으로 조화되어 각각 괘(卦)마다 다르게 팔방(八方)의 기(氣)를 천리(天理)에 맞도록 묘사한 것을 말한다.

괘(卦)는 각각 팔방(八方)별로 하나씩 붙게 되어 있어 여덟가지가 되며 모두 다르다. 하나의 괘(卦)마다 어느 방향이든지 지인천(地人天)의 삼정(三亭)인 하중상(卜中上)이 있듯이 삼효(三爻)로 구성된다.

하나의 체(體)는 크나 작으나 하나의 극(極)이 있고, 극(極)은 그

대로 있는 것이 아니라 언젠가는 변한다. 지구에서는 낮과 밤이
서로 교차하며 변하고 해와 달도 각각 극(極)이 있어 변한다.

팔괘(八卦)는 건(乾), 감(坎), 간(艮), 진(震), 손(巽), 리(離),
곤(坤), 태(兌)가 있고 선천수(先天數)와 후천수(後天數)로 나뉘
어 괘(卦)마다 수리(數理)가 붙어 있다.

간(艮)의 팔관인(八官人), 진(震)의 삼식신(三食神), 손(巽)의 사
징파(四徵破), 리(離)의 구토식(九土食), 곤(坤)의 이안손(二眼
損), 태(兌)의 칠유혼(七遊魂), 건(乾)의 육육합(六六合), 감(坎)
의 일천록(一天祿)을 선천수(先天數)라 하고 구궁(九宮)이다.

후천수(後天數)는 지상에서 실제로 적용되는 수를 말하며 일건천
(一乾天), 이연태(二連兌), 삼진리(三振離), 사진뇌(四震雷), 오손
풍(五巽風), 육감수(六坎水), 칠간산(七艮山), 팔곤지(八坤地)라
고 한다.

괘(卦)의 구성은 천인지(天人地)로 우리는 땅위에서 살고 있으니
땅(地)에서 부터 사람(人) 그리고 하늘(天)로 쌓아 올라간다. 초
효(初爻)를 먼저 땅위에 놓고, 중효(中爻)를 그 다음에 올려 놓
고, 그리고 상효(上爻)를 맨위에 올린다.

예를 들면 내 집에서 출발하여 어딘가를 거쳐 지금의 여기에 와
있는 것이니, 현지에서 다시 출발지로 돌아가는 것이다.

효(爻)의 성질은 양효(陽爻)와 음효(陰爻)로 나뉘는데, 양효(陽
爻)는 남자와 같고 음효(陰爻)는 여자와 같다. 음효(陰爻)는 내려
오기만 하는 성질을 갖고 있으며, 양효(陽爻)는 올라가려고만 하

고 내려오지 않는다.

 예를 들면 살아있는 양(陽)인 나무는 위로 크려고만 하고 음(陰)
인 죽은 나무토막은 땅으로 굴러내리는 것과 같다.

 상중하의 삼효(三爻)가 합하여 하나의 괘(卦)를 구성한다.

3. 각 괘(卦)의 특성과 적용

1. 간 괘(艮卦) ☶

　간(艮)은 방각(方角)으로는 동북쪽이고, 하루로는 새벽 인(寅)시 경이며, 절기로는 입춘이다. 구궁(九宮)으로는 팔관인(八官人)이고 오행상(五行上)으로는 목산음토(木山陰土)이며 육친궁(六親宮)으로는 소남(小男)이다.

　괘(卦)의 짜임은 음음(陰陰) 위에 일양(一陽)이 있어 이음일양 (二陰一陽)으로 되어 있다.

　계절로는 입춘이니 추운 겨울의 음(陰)에서 양(陽)이 발버둥치고 있는 것과 같고, 나그네가 새벽의 어둠 속에서 밝기를 기다리며 문밖을 내다보고 있는 모습과 같으며, 음(陰)의 음(陰)이 된 어머니 품 속에서 소남(小男)이 똘망거리고 있는 것과도 같다.

축소하면 늙은 어머니의 자궁에서 음(陰)을 해치고 소남(小男)이 나오는 것이며, 세명 중에서 두명을 이기고 한명이 승진하는 것과 같다.

오행상(五行上)으로는 목산(木山)이니 산 위의 나무는 관을 쓰고 위로 올라가나 산 아래의 땅은 무너지며, 소남(小男)은 커가나 어머니는 점점 늙어 꼬부라져서 땅으로 떨어지는 모양이다.

문자로는 간(艮)은 날일(日)자가 위에 있고 아래에는 옷의(衣)자의 미완성으로 허리띠가 없으니, 옷이 아래로 내려가고 위로는 해가 오르는 격이다.

그래서 위로 상승하려 하고 아래로는 내려가려고 하는 갈림길의 글자로 그칠 간(艮)이라고도 한다.

선천수(先天數)로는 八인데, 산에 올라 팔방(八方)을 볼 수 있다는 뜻에서 八이란 수가 붙은 것이다.

후천수(後天數)에서는 칠간산(七艮山)으로 변하는데, 산에 올라 보니 연맥된 한편은 보이지 않고 칠방(七方만 보이며, 짤막 짤막하게 연결된 산이라는 뜻이다.

후천수(後天數)에서 七인 유혼방(遊魂方)으로 변한 것은, 소남(小男)이 장차 커서 관을 쓰고 장가를 들면 동방목(東方木)인 진(震)이 되므로, 서방금(西方金)인 가을에 소녀의 방에 들어 소녀의 몸에 씨를 뿌리고 혼이 나가는 게 자연의 순리이니, 유혼(遊魂)이 되었다는 뜻이다.

입춘(立春)이 되면 묵은 나무가지에 새싹이 오르는 것을 크게 해석하면 간산(艮山)과 같다.

새싹이 돋아나면 싹을 싸고 있던 껍질이 떨어지는 것은 소남(小男이) 장가를 들어 소녀의 방에 들 때가 되면 어머니는 혼이 나가 음토(陰土)인 산에 묻히게 되는 것과 같은 이치이다.

다시 말하면 새싹을 감싸며 보호하던 눈의 껍질이 떨어지는 그곳이 어머니의 품이다.

관인(官人)의 선천각(先天角)은 인월인 정월(正月)의 입춘절(立春節)로 범의 달이 된다. 범은 정월(正月)에 태산에서 내려와 언덕 밑에 숨어서 2월의 토끼가 나오는 것을 기다린다.

정월(正月)은 손님의 왕래가 심한 때이니, 개가 시끄럽게 자주 짖어대 정신이 나가 개로 둔갑하였다.

그래서 간괘(艮卦)는 산이나 절도 되고 사람으로 적용하면 승려가 된다. 또 정월(正月)은 한해가 시작되는 시기이니, 새해의 시정표가 되며 승진이나 관운 등으로 적용한다.

얼굴에서는 산이 코이며, 신체로는 발로 산에 오르니 발이고, 아직 겨울의 추위가 계속되고 있는 셈이니 정지한다는 뜻으로 적용한다.

12포태법(十二胞胎法)으로는 하루나 일년의 시작되는 시기이다.

2. 진 괘(震卦) ☳

방각(方角)으로는 정동쪽이고 오행상(五行上)으로는 목(木)이다. 하루로는 아침의 해돋는 시간이며, 절기로는 밤과 낮의 길이가 똑같고 초목이 무성한 춘분(春分)을 말한다.

육친궁(六親宮)으로는 장남으로 위로는 부모를 받들고 아래로는 자녀를 낳아 부부가 화목하게 사랑으로 대를 이어간다는 뜻이다.

구궁(九宮)으로는 삼식신(三食神)이라 하여 선천수(先天數)가 三이 되며, 후천수(後天數)에서는 四로 변하였다.

선천수(先天數)에서의 三은 나무의 뿌리, 줄기, 가지의 삼정(三亭), 인간관계의 부모, 부부, 자녀의 삼정(三亭), 사람의 머리, 몸체, 다리로 삼정(三亭)인 자연의 이치를 적용한 것이다.

문자로는 비우(雨)자 아래 별진(辰)이나 용진(震)자로 되어 비가 내리는 3월에 용이 하늘로 올라가고 있는 형상이다. 물론 용은 상상의 동물이지만 좋게 변한 것에 비유한다.

용에 비유할 수 있는 것은 만물의 영장이며 삼정(三亭)으로 직립하여 향상해 가는 사람과 나무나 위로 커올라 가는 부동산, 집 등을 들 수 있다.

이와 같이 위로 올라가는 것을 뜻하며 괘(卦)상으로는 일양(一陽)에 이음(二陰)으로 양(陽)이 먼저 있고 그 후에 두개의 음(陰)이 있다.

양(陽)은 위로 올라가는 것이고 음(陰)은 내려오는 것이며, 양

(陽)은 현재의 자리에서 나아가고 음(陰)은 저쪽에서 이쪽으로 오는 것이니, 두 여자가 한 남자를 만나 공양하는 격으로 호강하는 것에 비유한다.

진(震)은 선천수(先天數)로 삼식신(三食神)이라고 하는데, 동방 목방(東方木方)에서 해가 처음에는 나무밑 사이에서 시작해서 나무 위까지 떠올라가니 목생화(木生火)로 한단이 더 생겼으며, 다시 나무가 봄에서 여름을 지나면서 잎이 우거지니 한단이 더해진 것이다.

3단의 장남이 손(巽)인 여자를 하나 얻거나 3단인 나무가 잎이 피면 一을 더하여 4단이 되니 사진뇌(四震雷)로 변한 것이다.

목(木)은 화(火)의 원천이므로 뇌와 같아 뇌성과 번개를 뜻하기도 한다. 뇌성은 마찰로 화기(火氣)가 생겨 소리까지 더하게 되니 三의 목(木)이 四로 변하여 사진뇌(四震雷)라고 한다.

나무의 뿌리, 줄기, 가지의 3단인 진(震)이 4월의 입하(立夏)가 되면 손(巽)의 자리에 오니, 나뭇잎이 바람을 내어 가지까지 흔들린다는 뜻이다.

四의 손방(巽方)은 징파방(徵破方)인데 사람으로는 바람이 장성한 여자의 치마에 당도한 것이다. 잎이 우거져 4단이 된 나무가지에는 새들과 벌레들이 앉기 시작하고, 꽃이 피고 나비가 춤을 추니 장성한 남자의 마음이 설레이게 된다.

남자는 바람난 여자의 유혹에 넘어가 여자의 방에 들게 되어 몸을 망친다고 해서 사징파방(四徵破方)이 된 것이다. 이렇게 해서 후천수(後天數)에서 四로 변한 것이며 이것을 사진뇌(四震雷)라고 한다.

진(震)은 동방목(東方木)으로 2월은 토끼의 달이고 3월은 용의 달이니 용이 토끼의 귀여운 재롱을 보고 하늘로 올라가는 모양이다. 그리고 진(震)은 목(木)이니 오장(五臟)으로는 간(肝)이고, 새 순과 뿌리가 뻗어가니 자녀의 경사에 비유하기도 한다.

나무는 바람에 움직이니 진동으로 적용하고, 소리를 내니 악기라고도 하며, 새들이 앉으니 학이나 조류로도 적용한다.

또한 나무에는 뱀이 올라가니 뱀이나 대나무로도 적용하고, 위로 커가니 성운(盛運)이나 개업 등에 적용한다. 12포태법(十二胞胎法)으로는 양(陽)에 해당한다.

3. 손 괘(巽卦) ☴

방각(方角)으로는 동남쪽이며 하루로는 오전의 사(巳)시를 뜻한다. 절기로는 입하(立夏)이고 오행상(五行上)으로는 풍목(風木)으로 연약한 가지에 부드러운 새순이라는 뜻이다.

육친궁(六親宮)으로는 장녀나 숙성한 처녀이며 구궁(九宮)으로는 사징파(四徵破)이다. 선천수(先天數)는 四이고 후천수(後天數)에서는 오손풍(五巽風)으로 변하였다.

문자로는 위에 뱀사(巳)자가 두개 있고 아래에 한가지 공(共)자

가 있다. 공(共)자는 수로는 48을 의미하므로 뱀이 48마리 있다는
것으로 풀이 한다.

뱀사(巳)자는 새의 모양을 하고 있어 새가 48마리 날아가는 형상
에 비유하며, 48마리의 새가 날아가면 바람이 일 것이니 바람이라
는 뜻도 된다.

또한 4~5월의 입하절(立夏節)에 연약한 나무가지에 잎이 우거져
한들거리는 모양을 말하기도 한다.

나뭇잎이 작은 가지를 흔들어 마침내는 나무의 줄기인 진(震)의
혼을 빼가는 것처럼, 장녀는 장자를 마음대로 요리하여 사방팔방
(四方八方)의 중심인 대주에게 시집을 가서 무기토(戊己土)의 五
인 왕을 정복하는 격이 된다.

바람같은 장녀가 궁실같은 집의 안방을 차지해 주인이 되는 격으
로, 후천수(後天數)의 중심인 五로 변하여 오손풍(五巽風)이 된
것이다.

괘(卦)상으로는 아래의 효가 음(陰)이고 가운데와 위의 효는 양
(陽)이니, 한여자가 두명의 남자를 자기 방으로 은근히 불러들여
겉으로는 사양하며 속으로는 간사한 마음으로 음(陰)을 벌이어 이
리저리 좌우로 동요하고 있는 모습이다.

그래서 손괘(巽卦)는 간사한 여자나 바람둥이 여자라는 뜻으로도
적용한다.

손방(巽方)은 4월의 입하(立夏)인 징파방(徵破方)에서 사방(四
方)의 중심으로 시집가는 것이 소원이다. 손(巽)의 징파(徵破)의

상처의 무기로 중심의 오왕(五王)의 무(戊)를 정복할 수 있는 것은 오직 손(巽)의 장녀이다.

바람은 사방(四方)에만 고정된 것이 아니고 오방(五方)의 어느 공간까지라도 스며드는 것으로, 선천수(先天數)의 四인 징파(徵破)가 후천수(後天數)에서 五의 손풍(巽風)으로 변하게 되었다.

손(巽)은 4월의 뱀의 달로 뱀이 가장 많이 나오는 시기이다. 겨울내내 굶주렸던 뱀이 따뜻한 계절이 되어 슬그머니 병아리를 먹으려다 어미닭에게 발각되어, 서로 싸우니 피가 닭이 퍼덕이는 바람에 정신이 없어 닭으로 둔갑되었다.

뱀은 닭의 다리를 물고 닭은 뱀의 머리를 쪼아 피가 낭자하나, 멀리서 보이는 것은 닭만 보인다.

재화(災禍)가 거듭하고 상패상부(傷敗喪夫)의 놀라움이 생겨 운세가 안개에 가린 격이다.

바람은 틈만 있으면 들어가니 바람으로 적용하고, 신체로는 어깨로 바람을 일으키니 어깨이며, 어깨는 형제와 크게는 사회나 민족도 된다.

바람은 벽으로 막으면 막을 수 있고 순해지니 순종으로도 비유하고, 바람이 나면 소리가 나니 곡성(哭聲)으로 적용하며 상복, 눈물, 사람의 인연으로 비유한다.

부채, 눈물, 병난, 안개, 이성관계 등으로 적용하며 거의 불길하다.

4. 리 괘(離卦) ☲

방각(方角)으로는 정남쪽이며 오행상(五行上)으로는 화(火)이다. 육친궁(六親宮)으로는 중녀(中女)이며 구궁(九宮)으로는 구토식(九土食)이다. 선천수(先天數)로는 九이며 후천수(後天數)로는 삼리화(三離火)로 三이 된다.

리괘(離卦)는 상하에 양(陽)이 있고 가운데 음(陰)이 들어있어 안으로는 음(陰)이고, 겉으로는 양(陽)이니 사람에게 비유하면 남복차림의 여자라는 뜻이 된다.

그래서 중녀(中女)라고 하는 것이며, 아래를 가린 어린 여자아이란 의미도 있다.

오행상(五行上)으로는 화(火)이니 불은 기체와 같이 양(陽)으로 타는 것인데, 속에 음(陰)이 있어 잘 타지 않아 연기가 나니 어두운 것에 비유한다.

화(火)의 대표는 태양이고, 열과 빛이 가장 왕성하고 강할 때는 5월의 하지(夏至)이며 그 중에서도 정오이다.

방각(方角)으로는 정남쪽인데 구토식방(九土食方)이라고도 한다. 九라는 숫자가 붙게 된 것은 땅위에서는 팔방(八方)이나 태양에서는 발밑까지 셀 수 있다는 뜻에서 九가 된 것이다.

선천수(先天數)로는 구토식(九土食) 주작(朱雀)이라고도 하며 붉은 새 또는 구설(口舌)의 새라는 뜻이다.

새가 공중에서 날듯이 태양도 새처럼 날다가 지나치게 더우면 괴롭다는 뜻이며, 땅위에서는 저쪽은 가려서 보이지 않기에 팔방(八 方)이 되지만, 태양은 가린 것이 없이 구방(九方)이 보이게 생겼 다고 해서 九라는 수가 붙게 된 것이다.

후천수(後天數)로는 공중에서 날아 다니던 새가 나무가지에 앉는 것과 마찬가지로 태양이 높이 떠있는 것처럼 보이지만 결국은 지 구의 동쪽인 목방(木方)에서 떠오른다고 해서 三의 목(木)으로 변 한 것이다.

아침동산의 해, 중천의 해, 그리고 서산에 기울어가는 해로 변함 없이 되풀이 하고 있으므로 三으로 변해 삼리화(三離火)로 적용하 게 된 것이다.

괘(卦)상으로는 상하에 각각 양(陽)이 있고 가운데 음(陰)이 하 나 있어 한사람은 집에 있고 두사람은 밖으로 나가 활동하니 외강 내음 격이다.

불은 땔감만 있으면 붙는 성격이기 때문에 오행상(五行上)으로는 예(禮)에 해당한다.

절기로는 한여름인 하지(夏至)의 정오이니 지나치게 뜨거워 불쾌 지수가 높아지기 때문에 구설, 관재, 정열로 적용한다. 또한 봉사 정신이 강하며 물불을 가리지 않는 의리와 예의로 피해를 입기도 한다.

인체상으로는 심장이나 눈에 적용해 감찰하고 확인 하는 것으로 도 본다.

물체로는 화로나 난로, 나무로는 꽃나무, 인체로는 얼굴로 적용한다. 물형으로는 꿩에 비유하는데 여름에 밭으로 내려와 잘라미의 장난에 당황하여 심장의 확대로 붉은 색인 꿩으로 둔갑되었다.

포태법(胞胎法)으로는 정오부터 태양이 기울어 간다는 뜻으로 체(滯)가 된다. 모든 물체가 불을 만나면 겉으로는 부풀으며 속은 비는 것처럼 외부내빈 격이 된다.

나무도 여름이 되면 잎이 피어 수형이 커지고 쇠붙이도 불에 들어가면 늘어나듯이 실속은 없어지고 외양만 커지게 하는 것이 불의 작용이다.

그래서 여름에는 전답에 투자하니 집안의 실속은 비어간다. 이같이 밖으로 투자하는 것이 여름이며 불이고, 불은 예이고 사랑이며, 잘 번지는 게 불이며 정열이다.

5. 곤 괘(坤卦) ☷

방각(方角)으로는 서남쪽이며 절기로는 초가을의 입추(立秋)이니 무르익어가는 들판을 뜻한다. 오행상(五行上)으로는 좋은 토질이며, 하루로는 오후의 신(申)시에 들판에서 일손을 멈추고 음식을 먹으면서 휴식하는 시간이다.

육친궁(六親宮)으로는 어머니이니 크게는 지구라는 뜻이고, 구궁(九宮)으로는 이안손(二眼損)으로 안손(眼損)이란 뻔히 손해 보는 줄 알면서도 즐겁게 대한다는 뜻이다.

어머니가 들판의 흙처럼 자기의 정기를 빼앗기면서도 아이에게 젖을 물리는 것과 같다.

후천수(後天數)에서는 팔곤지(八坤地)의 八로 변했다. 이안손(二眼損)은 땅이며 어머니이고 동물로는 소이다. 어머니의 자궁을 뚫고 아이가 나오고, 땅의 살을 뚫고 새싹이 나오며, 소가 죽도록 일을 해주고 마침내는 사람들에게 살까지 주는 희생심을 베푸는 것이 곤(坤)의 특징이다.

이안손(二眼損)의 곤(坤)은 후천수(後天數)에서 팔관인(八官人) 수인 팔곤지(八坤地)로 변했다.

그래서 소는 뿔로 관을 쓰게 되며 들판의 땅도 입추(立秋)가 되면 곡식이 풍성하게 자라 관이 되고, 늙은 어머니가 팔관인(八官人)인 사내아이를 낳아 즐거워하니 팔관인(八官人)인 팔곤지(八坤地)로 후천수(後天數)에서 변하게 된 것이다.

땅에는 팔방(八方)이 있어 땅을 알려면 팔방(八方)을 둘러보아야 하니, 이안손(二眼損)이 팔관인(八官人)인 八로 변한 것이다.

둔갑법으로는 소가 잘라미의 신기한 재주를 우두커니 보고 있는 모습으로 소로 적용한다.

포태법(胞胎法)으로는 관왕(官旺)이 된다. 그리고 농사를 지어 놓은 들판이니 문서가 되고, 문서는 매매가 되는 것이니 풍족함을 뜻하기도 한다.

또한 희소식과 익어가는 들판, 어머니, 총애, 윗사람의 도움, 흡수작용과 하늘이 시키는대로 순종하는 땅이니 순종심으로 비유하기도 한다.

인체로는 위장 부위인 배에 비유한다. 또 리(離)가 머리라면 손(巽)과 곤(坤)은 양어깨에 해당되며, 흙이니 신체의 살이 된다.

얼굴로는 코이며 직업으로는 농사꾼, 남녀로는 늙은 여자, 건물로는 곡식을 채우는 창고가 되고, 물건으로는 곡식이나 보물 등으로 적용한다.

괘(卦)상으로는 삼음(三陰)으로 팔방(八方)이 터져 누구나 정복할 수 있다는 뜻이다.

형제자매가 모두 어머니의 자궁에서 나와 사랑을 주고 받으며, 아버지도 어머니의 자궁을 정복하니 누구에게나 순종하는 희생심이 풍부한 보물이 되기도 한다.

문자로는 흙토(土)자이다. 흙토(土)자는 열십(十)자가 먼저 나오고 아래에 一을 쓴다. 열십(十)은 사방(四方)의 중심이란 뜻이다.

다음의 신(申)자는 밭전(田)자를 상하로 키운 모양이다. 밭에서 곡식이 아래로 뿌리를 내리고 위로 자라서, 곡식이 흥청거리고 있는 것을 잘라미의 재주처럼 떨어지지 않고 있다고 해서 잘라미라고 하게 된 것이다.

다시 말해서 음(陰)으로만 구성된 곤(坤)은 우주상으로는 지구이며 땅을 뜻하고, 육친궁(六親宮)으로는 어머니로 비유한다.

어머니의 몸에서 또 한 생명이 탄생하니 분리의 숫자도 된다. 자식을 낳아 희생됨을 뻔히 알면서도 그대로 순종하여 행하는 어머

니의 희생이야말로 땅과 같으니, 땅과 어머니의 희생심은 같은 이
치이다.

동물로는 땅을 갈고 일을 해서 들판에 곡식이 익도록 묵묵히 일
을 하는 소에 비유한다.

괘(卦)상으로는 음(陰)의 효(爻)로만 구성되어 있다. 양(陽)인 아
버지의 정기도 체내를 통하고 자녀들도 어머니의 자궁을 통해 나
왔다. 밤에는 하체의 샘으로 지아비를 받아들이고, 낮에는 두개의
양(陽)인 젖꼭지를 아이에게 물리는 모양같기도 하다.

이러한 이치에서 땅과 어머니는 같은 것이기에 곤(坤)은 어머니
로 비유하며, 하나에서 둘로 분리되는 음양(陰陽)의 모체이다.

어머니는 가정의 팔방(八方)에 잔일을 모두 돌봐야 하고, 전답도
팔방(八方)을 고루 살펴야 곡식이 잘될 것이다.

6. 태 괘(兌卦) ☱

방각(方角)으로는 정서쪽이며 하루로는 석양이다. 절기로는 추분
(秋分)이니 밤낮의 길이가 같으며, 춥지도 덥지도 않은 알맞은 계
절이다.

오행상(五行上)으로는 금(金)이니 들판은 황금빛으로 물들어 온
갖 과일과 곡식들이 둥글게 무르익고 동물들도 살이 오르니 만물

이 금국(金局)을 이루어 금왕절(金旺節)이 된다.

육친궁(六親宮)으로는 어린 여자아이이며 구궁(九宮)으로는 칠유혼(七遊魂) 또는 진귀(進鬼)라고 한다.

선천수(先天數)로는 七이 되며 후천수(後天數)로는 선천에 이안손(二眼損)인 二의 이연태(二連兌)로 변하게 된다.

문자로는 팔(八)자 아래에 맏형(兄)자이니 팔촌형의 것도 내 것이란 의미도 된다.

모든 열매가 만숙되어 땅인 내 쪽으로 떨어지는 형편이니, 추분(秋分)이 되면 모든 곡식과 과일이 풍성하게 집으로 들어오는 것이며, 하루로도 석양이니 모두가 집으로 돌아온다는 뜻이다.

선천수(先天數)로는 칠유혼(七遊魂)이라고 하는데, 동방(東方)의 소남방(小男方)인 입춘(立春)에서 시작하여 진(震)의 봄인 동(東)을 거쳐 손(巽), 리(離), 곤(坤)을 거친 나무가 정서쪽인 태방(兌方)에 오면, 열매에 씨를 남기고 동방목(東方木)은 혼이 발산하여 잎에 단풍이 들어 떨어지는 형상이 되기에 칠유혼(七遊魂)이라고 하는 것이다.

동북간(東北間)의 간(艮)이 진(震)으로성장 해서 금(金)의 가을인 소녀의 몸에 씨를 안기고 녹아 떨어지니, 하루로는 석양이다.

이런 이치로 혼이 나간다는 뜻에서 칠유혼(七遊魂)이라고 하게 되었으며, 혼에는 양(陽)인 동방삼혼(東方三魂)과 음(陰)인 서방칠혼(000) 이 있다.

동방삼혼(東方三魂)은 위로 커가는 양혼(陽魂)이요, 서방칠혼은 아래로 굴러내리는 음혼백(陰魂魄)으로 가을이면 과일과 곡식이 무르익어 아래로 떨어져 씨가 되어, 다음해 봄에 다시 싹트며 새 얼굴로 자라게 된다.

봄의 삼혼(三魂)은 위로 올라가려는 혼으로 나무가 자라는 것이며, 사람도 이와같이 나뭇잎에서 나오는 산소를 마시며 봄이면 키가 자라는 것이다. 커가던 나무는 정오인 절정을 지나면 다시 서방으로 기우는 것이 만물의 이치이다.

그리고 태(兌)를 연못으로도 본다. 추분(秋分)이 되면 가을의 맑은 연못에 물이 점차적으로 불어나는 것으로도 비유한다. 보다 작게는 동방의 남자가 서방의 소녀의 몸에 씨를 뿌렸으니, 소녀의 몸에 물을 채우고 남자는 혼이 나가 쓰러진다는 뜻도 된다.

이를 확대하면 바다로도 비유하며 바다에 나가보면, 하늘과 수평선이 맞닿은 맑은 물과 맑은 하늘은 두장의 바다로 보인다는 뜻에서 이연태(二連兌)가 된다.

괘(卦)상으로는 아래에 양양(陽陽)이 있고 위에 음(陰)이 있어 이양일음(二陽一陰)으로 두 남자가 한 여자를 받들고 있는 것과 같으니 호강스런 여자라는 뜻이다.

동물의 둔갑으로는 9월의 개떼들이 용솟음치는 바람에 염소가 놀라 눈동자가 둥글게 되어 염소로 변했다.

그래서 관(官)도 성왕하고 모든 과일과 곡식이 둥글게 되며, 둥근 돈도 흔하게 돌고 사람의 마음도 둥글게 되어 인심이 후해지니 남의 도움을 받기도 쉽다.

입도 둥글게 되어 선전, 강연, 가수, 즐거움, 얼굴 등으로 적용한
다. 오장(五臟)으로는 폐(肺)이며 사람으로는 젊은 첩 등으로 적
용하고, 포태법(胞胎法)으로는 쇠에 해당한다.

7. 건 괘(乾卦) ☰

방각(方角)으로는 서북쪽이고, 하루로는 밤 9~10시경인 별이 총
총히 떠있는 깊어가는 밤이니 죽음같은 잠이 퍼붓는 시간이다.
절기로는 10월의 입동(立冬)이니 봄, 여름, 가을이 지나고 늙어
가는 죽음의 겨울이 시작되는 시기이다.
10월의 밤 10시면 차가운 서리바람이 불고 하늘에는 많은 별들이
성노알처럼 살기(殺氣)차다.
사람의 일생에 비유하면 유년, 청년, 장년시절이 모두 끝나고 죽
음을 앞둔 노인이니, 매마른 살결에 주름과 땀구멍이 살기(殺氣)
차게 엉성해 보이는 시절이다.
육친궁(六親宮)으로는 부모, 부부, 자녀의 여섯가지 맛을 모두
보고 병들어 가는 늙은 아버지라는 뜻이다.
선천수(先天數)에 육육합(六六合)의 六이며 후천수(後天數)는 一
의 천록(天祿)으로 감(坎)의 자리인 一로 변하여 일건천(一乾天)
이 되었다. 감(坎)은 구덩이고 밤이니 구덩이 속에서 눈을 감는다

는 것이다.

오행상(五行上)으로는 살기(殺氣)의 금(金)이 된다.

문자로는 열십(十)자 아래에 날일(日)자가 있고 또 열십(十)자가 있다. 십일십(十日十)에 빌어먹을 걸(乞)자를 했으니 한없이 맑기만 하여 물질이 빈약하다는 뜻으로 마를 건(乾)이라고도 한다.

괘(卦)상으로는 하효(下爻) 중효(中爻) 상효(上爻)인 삼효(三爻)모두가 양(陽)이므로 상향만이 있으니 메말라서 건조한 하늘이다.

10월의 밤 10시를 뜻하니 하늘이 맑아 별이 많고, 아버지가 곤(坤)의 어머니에게 볼일을 보고 메말라 버렸으니 자꾸만 멀어지는 아버지이며 하늘이다.

건괘(乾卦)는 군자와 대인에게는 좋으나 소인에게는 불길하다.

천리(天理)를 공부하는 자에게는 천체가 또렷하니 공부하기에 편리하고 맑은 공기와 맑은 기상으로 좋지만, 물질을 구하려는 자에게는 이미 가을을 지난 빈 들판이고, 거리가 멀어지는 허공의 하늘이다. 사람으로는 늙고 병든 몸이니 힘이 없고 물질도 따르지 않는다.

동물의 둔갑으로는 10월은 돼지의 달로 건조한 하늘 아래에서 말이 힘차게 뛰는 것을 보던 다리가 짧은 돼지는, 뛰지 않고 말에 정신이 팔려 고개만 까딱 까딱 하고 있다가 시사절(時事節)의 포수에게 비명에 가고 정신은 말에 두었으니 말로 둔갑되었다.

지저분한 우리에서 가을의 풍성한 곡식으로 살찐 돼지는 10월의 시사재단(時事際壇)의 재물로 비명에 간다는 뜻이다.

포태법(胞兌法)으로는 병사(病死)라고 한다. 아버지가 어른이니 임금으로 적용하고 늙어서 힘이 없으니 신액 또는 사람의 피해, 노화작용, 내면적인 휴식 등으로 비유하며 물질은 불길하다.

또는 하늘은 둥그니 둥근 물체, 거울같이 맑은 하늘이니 거울, 하늘에 반짝이는 별이 많으니 금(金)이나 옥(玉), 또는 과일이 둥그니 과일, 늙으면 뼈가 앙상하게 나오고 머리에 피가 없어 잠이 잘오지 않고 이리저리 뒤척이니 고민, 지능, 정신적 안손, 아버지가 자식들에게 경험에서 오는 주의를 주니 구설 등으로 적용한다.

8. 감 괘(坎卦) ☵

방각(方角)으로는 북쪽이고, 하루로는 자정이며 절기로는 겨울의 동지(冬至)이다.

오행상(五行上)으로는 북방수(北方水)이며 검은색이고 육친궁(六親宮)으로는 중남(中男)이다.

구궁(九宮)으로는 일천록(一天祿)이며 선천수(先天數)로는 一로 만물창생의 우주의 극(極)이 된다.

후천수(後天數)로는 六으로 육감수(六坎水)가 되어 물은 하늘의 음양수(陰陽水), 땅의 음양수(陰陽水), 지하의 음양수(陰陽水)가 있어서 육수(六水)가 되었다.

하늘의 음수(陰水)는 구름이고 양수(陽水)는 비와 눈이며, 땅 위의 음수(陰水)는 잠긴 물이고 양수(陽水)는 흘러가는 물이다. 지하의 음수(陰水)는 땅 속에 잠긴 물이 양수로는 솟아오르는 생수로 건수(乾水)이다.

바다에도 온류와 한류가 있듯이 자세히 분석하면 하늘과 땅과 지하는 각각 음양으로 분류되며 다른 괘(卦)들도 모두 그와 같다.

동물의 둔갑법으로는 쥐가 돼지우리에 들어가 먹이를 먹으려고 하자 돼지가 소리를 지르니 쥐가 놀라 정신을 빼앗겨 돼지로 둔갑되었다.

괘(卦)상으로는 상하에 음(陰)이고 가운데 일양(一陽)이 있어, 두 여자를 양쪽에 품은 남자와 같다. 크게는 음(陰)인 어두운 밤에 나 하나의 양(陽)이 있는 것과 같다.

두개의 양(陽)은 음(陰)이 되니 두 양(陽) 두둥에 샘이 생겨 샘안에 양(陽)이 들어있는 것이며, 물이 가득 들어 있는 컵에 손가락을 넣으면 물이 넘쳐 흐르는 것과 같다.

즉 남녀가 성행위를 하는 순간과 같은 뜻이다. 그래서 음(陰)에 갇힌 양(陽)은 자기의 정과 혼을 쏟아 씨를 포태(胞胎)하고 시들게 되니 장사(葬死)된 것과도 같다.

그래서 장(葬) 또는 죽은 공방, 수장, 수액, 신액, 약방, 병환 중의 사람, 어둠 속에서 남몰래 하는 도박, 신선학 연구, 비밀 누설의 조심, 또는 함정, 물고기, 물고기는 소리가 없고 직감이 빠르니 직감력, 인체로는 콩팥, 신장, 양기이며 양기가 약하면 귀가

우니 귀 또는피이며, 어둠에 갇혀 있으니 감방, 여난(女難), 방랑, 눈물, 비, 강물, 냇물, 술, 어름, 안개 등과 관련되므로 적용하면 된다.

문자로는 흙토(土)자에 결이란 결(次)자를 붙였으니, 겨울의 동지(冬至)에는 흙이 얼어 붙고 어둠만이 있으니 하루로는 밤의 자정이다.

일년으로는 겨울의 동지(冬至)이니 나뭇잎이 여름을 지나 가을이 되면, 단풍이 들고 입동(立冬)이 되면 낙엽이 되는 것과 사람이 늙어 병들어 죽는 것은 모두 같다.

이것으로 팔괘(八卦)에 대한 설명을 마치고 64괘(卦)의 풀이는 또 한권의 책으로 내기로 하며, 앞에서 팔괘주문(八卦主紋)을 설명하였으니 참고하기 바란다.

자연의 원리

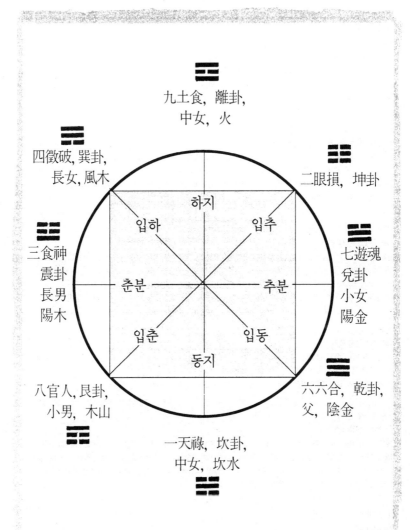

九土食, 離卦,
中女, 火

四徵破, 巽卦,
長女, 風木

二眼損, 坤卦

三食神
震卦
長男
陽木

七遊魂
兌卦
小女
陽金

하지

입하   입추

춘분   추분

입춘   입동

동지

八官人, 艮卦,
小男, 木山

六六合, 乾卦,
父, 陰金

一天祿, 坎卦,
中女, 坎水

삼한출판사의
신비한 동양철학 시리즈

적천수 정설
유백온 선생의 적천수 원본을 정석으로 해설

원래 유백온 선생이 저술한 적천수의 원문은 그렇게 많지가 않으나 후학들이 각각 자신의 주장으로 해설하여 많아졌다. 이 책은 적천수 원문을 보고 30년 역학의 경험을 총동원하여 해설했다. 물론 백퍼센트 정확하다고 주장할 수는 없다. 다만 한국과 일본을 오가면서 실제의 경험담을 함께 실었다. 공부하는 사람들에게는 많은 도움이 될 것이라 믿는다.
신비한 동양철학 82 │ 역산 김찬동 편역 │ 692면 │ 34,000원 │ 신국판

궁통보감 정설
궁통보감 원문을 쉽고 자세하게 해설

『궁통보감(窮通寶鑑)』은 5대원서 중에서 가장 이론적이며 사리에 맞는 책이며, 조후(調候)를 중심으로 설명하며 간명한 것이 특징이다. 역학을 공부하는 학도들에게 도움을 주려고 먼저 원문에 음독을 단 다음 해설하였다. 그리고 예문은 서낙오(徐樂吾) 선생이 해설한 것을 그대로 번역하였고, 저자가 상담한 사람들의 사주와 점서에 있는 사주들을 실었다.
신비한 동양철학 83 │ 역산 김찬동 편역 │ 768면 │ 39,000원 │ 신국판

연해자평 정설(1·2권)
연해자평의 완결판

연해자평의 저자 서자평은 중국 송대의 대음양 학자로 명리학의 비조일 뿐만 아니라 천문점성에도 밝았다. 이전에는 년(年)을 기준으로 추명했는데 적중률이 낮아 서자평이 일간(日干)을 기준으로 하고, 일지(日支)를 배우자로 보는 이론을 발표하면서 명리학은 크게 발전해 오늘에 이르렀다. 때문에 연해자평은 5대 원서 중에서도 필독하지 않으면 안 되는 책이다.
신비한 동양철학 101 │ 김찬동 편역 │1권 559면, 2권 309면 │ 1권 33,000원, 2권 20,000원 │ 신국판

명리입문
명리학의 정통교본

이 책은 옛부터 있었던 글들이나 너무 여기 저기 산만하게 흩어져 있어 공부하는 사람들에게는 많은 시간과 인내를 필요로 하였다. 그래서 한 군데 묶어 좀더 보기 쉽고 알기 쉽도록 엮은 것이다.
신비한 동양철학 41 │ 동하 정지호 저 │ 678면 │ 29,000원 │ 신국판 양장

조화원약 평주
명리학의 정통교본

자평진전, 난강망, 명리정종, 적천수 등과 함께 명리학의 교본에 해당하는 것으로 중국 청나라 때 나온 난강망이라는 책을 서낙오 선생께서 자세하게 설명을 붙인 것이다. 기존의 많은 책들이 오직 격국과 용신을 중심으로 감정하는 것과는 달리 십간 십이지와 음양오행을 각각 자연의 이치와 춘하추동의 사계절의 흐름에 대입하여 인간의 길흉화복을 알 수 있게 했다.
신비한 동양철학 35 │ 동하 정지호 편역 │ 888면 │ 46,000원 │ 신국판

사주대성
초보에서 완성까지

이 책은 과거 현재 미래를 모두 알 수 있는 비결을 실었다. 그러나 모두 터득한다는 것은 어려울 것이다.역학은 수천 년간 동방의 석학들에 의해 갈고 닦은 철학이요 학문이며, 정신문화로서 영과학적인 상수문화로서 자랑할만한 위대한 학문이다.
신비한 동양철학 33 │ 도관 박흥식 저 │ 986면 │ 49,000원 │ 신국판 양장

쉽게 푼 역학(개정판)
쉽게 배워 적용할 수 있는 생활역학서!
이 책에서는 좀더 많은 사람들이 역학의 근본인 우주의 오묘한 진리와 법칙을 깨달아 보다 나은 삶을 영위하는데 도움이 될 수 있도록 가장 쉬운 언어와 가장 쉬운 방법으로 풀이했다. 역학계의 대가 김봉준 선생의 역작이다.
신비한 동양철학 71 │ 백우 김봉준 저 │ 568면 │ 30,000원 │ 신국판

사주명리학 핵심
맥을 잡아야 모든 것이 보인다
이 책은 잡다한 설명을 배제하고 명리학자에게 도움이 될 비법들만을 모아 엮었기 때문에 초심자가 이해하기에는 다소 어려운 부분도 있겠지만 기초를 튼튼히 한 다음 정독한다면 충분히 이해할 것이다. 신살만 늘어놓으며 감정하는 사이비가 되지말기를 바란다.
신비한 동양철학 19 │ 도관 박흥식 저 │ 502면 │ 20,000원 │ 신국판

물상활용비법
물상을 활용하여 오행의 흐름을 파악한다
이 책은 물상을 통하여 오행의 흐름을 파악하고 운명을 감정하는 방법을 연구한 책이다. 추명학의 해법을 연구하고 운명을 추리하여 오행에서 분류되는 물질의 운명 줄거리를 물상의 기물로 나들이 하는 활용법을 주제로 했다. 팔자풀이 및 운명해설에 관한 명리감정법의 체계를 세우는데 목적을 두고 초점을 맞추었다.
신비한 동양철학 31 │ 해주 이학성 저 │ 446면 │ 34,000원 │ 신국판

신수대전
흉함을 피하고 길함을 부르는 방법
신수는 대부분 주역과 사주추명학에 근거한다. 수많은 학설 중 몇 가지를 보면 사주명리, 자미두수, 관상, 점성학, 구성학, 육효, 토정비결, 매화역수, 대정수, 초씨역림, 황극책수, 하락리수, 범위수, 월영도, 현무발서, 철판신수, 육임신과, 기문둔갑, 태을신수 등이다. 역학에 정통한 고사가 아니면 추단하기 어려우므로 누구나 신수를 볼 수 있도록 몇 가지를 정리했다.
신비한 동양철학 62 │ 도관 박흥식 편저 │ 528면 │ 36,000원 │ 신국판 양장

정법사주
운명판단의 첩경을 이루는 책
이 책은 사주추명학을 연구하고자 하는 분들에게 심오한 주역의 이해를 돕고자 하는 의도에서 시작되었다. 음양오행의 상생상극에서부터 육친법과 신살법을 기초로 하여 격국과 용신 그리고 유년판단법을 활용하여 운명판단에 첩경이 될 수 있도록 했고 추리응용과 운명감정의 실례를 하나하나 들어가면서 독학과 강의용 겸용으로 엮었다.
신비한 동양철학 49 │ 원각 김구현 저 │ 424면 │ 26,000원 │ 신국판 양장

내가 보고 내가 바꾸는 DIY사주
내가 보고 내가 바꾸는 사주비결
기존의 책들과는 달리 한 사람의 사주를 체계적으로 도표화시켜 한 눈에 파악할 수 있고, DIY라는 책 제목에서 말하듯이 개운하는 방법을 제시한다. 초심자는 물론 전문가도 자신의 이론을 새롭게 재조명해 볼 수 있는 케이스 스터디 북이다.
신비한 동양철학 39 │ 석오 전광 저 │ 338면 │ 16,000원 │ 신국판

인터뷰 사주학
쉽고 재미있는 인터뷰 사주학
얼마전만 해도 사주학을 취급하면 미신을 다루는 부류로 취급되었다. 그러나 지금은 하루가 다르게 이 학문을 공부하는 사람들이 폭증하고 있는 것으로 보인다. 젊은 층에서 사주카페니 사주방이니 사주동아리 하는 것들이 만들어지고 그 모임이 활발하게 움직이고 있다는 점이 그것을 증명해준다. 그뿐 아니라 대학원에는 역학교수들이 점차로 증가하고 있다.
신비한 동양철학 70 │ 글갈 정대엽 편저 │ 426면 │ 16,000원 │ 신국판

사주특강
자평진전과 적천수의 재해석
이 책은 『자평진전』과 『적천수』를 근간으로 명리학의 폭넓은 가치를 인식하고, 실전에서 유용한 기반을 다지는데 중점을 두고 썼다. 일찍이 『자평진전』을 교과서로 삼고, 『적천수』로 보완하라는 서낙오의 말에 깊이 공감한다.
신비한 동양철학 68 │ 청월 박상의 편저 │ 440면 │ 25,000원 │ 신국판

참역학은 이렇게 쉬운 것이다
음양오행의 이론으로 이루어진 참역학서
수학공식이 아무리 어렵다고 해도 1, 2, 3, 4, 5, 6, 7, 8, 9, 0의 10개의 숫자로 이루어졌듯이 사주도 음양과 오행으로 이루어졌을 뿐이다. 그러니 용신과 격국이라는 무거운 짐을 벗어버리고 음양오행의 법칙과 진리만 정확하게 파악하면 된다. 사주는 음양오행의 변화일 뿐이고 용신과 격국은 사주를 감정하는 한 가지 방법에 지나지 않는다.
신비한 동양철학 24 │ 청암 박재현 저 │ 328면 │ 16,000원 │ 신국판

사주에 모든 길이 있다
사주를 알면 운명이 보인다!
사주를 간명하는데 조금이라도 도움이 됐으면 하는 바람에서 이 책을 썼다. 간명의 근간인 오행의 왕쇠강약을 세분하고, 대운과 세운, 세운과 월운의 연관성과, 십신과 여러 살이 미치는 암시와, 십이운성으로 세운을 판단하는 법을 설명했다.
신비한 동양철학 65 │ 정담 선사 편저 │ 294면 │ 26,000원 │ 신국판 양장

왕초보 내 사주
초보 입문용 역학서
이 책은 역학을 너무 어렵게 생각하는 초보자들에게 조금이나마 도움을 주고자 쉽게 엮으려고 노력했다. 이 책을 숙지한 후 역학(易學)의 5대 원서인 『적천수(滴天髓)』, 『궁통보감(窮通寶鑑)』, 『명리정종(命理正宗)』, 『연해자평(淵海子平)』, 『삼명통회(三命通會)』에 접근한다면 훨씬 쉽게 터득할 수 있을 것이다. 이 책들은 저자가 이미 편역하여 삼한출판사에서 출간한 것도 있고, 앞으로 모두 갖출 것이니 많이 활용하기 바란다.
신비한 동양철학 84 │ 역산 김찬동 편저 │ 278면 │ 19,000원 │ 신국판

명리학연구
체계적인 명확한 이론
이 책은 명리학 연구에 핵심적인 내용만을 모아 하나의 독립된 장을 만들었다. 명리학은 분야가 넓어 공부를 하다보면 주변에 머무르는 경우가 많아, 주요 내용을 잃고 헤매는 경우가 많다. 그러므로 뼈대를 잡는 것이 중요한데, 여기서는 「17장. 명리대요」에 핵심 내용만을 모아 학문의 체계를 잡는데 용이하게 하였다.
신비한 동양철학 59 │ 권중주 저 │ 562면 │ 29,000원 │ 신국판 양장

말하는 역학
신수를 묻는 사람 앞에서 술술 말문이 열린다
그토록 어렵다는 사주통변술을 쉽고 흥미롭게 고담과 덕담을 곁들여 사실적으로 생동감 있게 통변했다. 길흉을 어떻게 표현하느냐에 따라 상담자의 정곡을 찔러 핵심을 끌어내 정답을 내리는 것이 통변술이다.역학계의 대가 김봉준 선생의 역작.
신비한 동양철학 11 │ 백우 김봉준 저 │ 576면 │ 26,000원 │ 신국판 양장

통변술해법
가닥가닥 풀어내는 역학의 비법
이 책은 역학과 상대에 대해 머리로는 다 알면서도 밖으로 표출되지 않아 어려움을 겪는 사람들을 위한 실습서다. 특히 실명감정과 이론강의로 나누어 역학의 진리를 설명하여 초보자도 쉽게 이해할 수 있다. 역학계의 대가 김봉준 선생의 역서인 「알기쉬운 해설·말하는 역학」이 나온 후 후편을 써달라는 열화같은 요구에 못이겨 내놓은 바로 그 책이다.
신비한 동양철학 21 │ 백우 김봉준 저 │ 392면 │ 36,000원 │ 신국판

술술 읽다보면 통달하는 사주학
술술 읽다보면 나도 어느새 도사

당신은 당신 마음대로 모든 일이 이루어지던가. 지금까지 누구의 명령을 받지 않고 내 맘대로 살아왔다고, 운명 따위는 믿지 않는다고, 운명에 매달리지 않는다고 말하는 사람들이 많다. 그러나 우주법칙을 모르기 때문에 하는 소리다.

신비한 동양철학 28 | 조철현 저 | 368면 | 16,000원 | 신국판

사주학
5대 원서의 핵심과 실용

이 책은 사주학을 체계적으로 공부하려는 학도들을 위해서 꼭 알아두어야 할 내용들과 용어들을 수록하는데 중점을 두었다. 이 학문을 공부하려고 많은 사람들이 필자를 찾아왔을 깨 여러 가지 질문을 던져보면 거의 기초지식이 시원치 않음을 보았다. 따라서 용어를 포함한 제반지식을 골고루 습득해야 빠른 시일 내에 소기의 목적을 달성할 수 있을 것이다.

신비한 동양철학 66 | 글갈 정대엽 저 | 778면 | 46,000원 | 신국판 양장

명인재
신기한 사주판단 비법

이 책은 오행보다는 주로 살을 이용하는 비법을 담았다. 시중에 나온 책들을 보면 살에 대해 설명은 많이 하면서도 실제 응용에서는 무시하고 있다. 이것은 살을 알면서도 응용할 줄 모르기 때문이다. 그러나 이 책에서는 살의 활용방법을 완전히 터득해, 어떤 살과 어떤 살이 합하면 어떻게 작용하는지를 자세하게 설명하였다.

신비한 동양철학 43 | 원공선사 저 | 332면 | 19,000원 | 신국판 양장

명리학 | 재미있는 우리사주
사주 세우는 방법부터 용어해설 까지!!

몇 년 전 『사주에 모든 길이 있다』가 나온 후 선배 제현들께서 알찬 내용의 책다운 책을 접했다는 찬사를 받았다. 그러나 사주의 작성법을 설명하지 않아 독자들에게 많은 질타를 받고 뒤늦게 이 책 을 출판하기로 결심했다. 이 책은 한글만 알면 누구나 역학과 가까워질 수 있도록 사주 세우는 방법부터 실제간명, 용어해설에 이르기까지 분야별로 엮었다.

신비한 동양철학 74 | 정담 선사 편저 | 368면 | 19,000원 | 신국판

사주비기
역학으로 보는 역대 대통령들이 나오는 이치!!

이 책에서는 고서의 이론을 근간으로 하여 근대의 사주들을 임상하여, 적중도에 의구심이 가는 이론들은 과감하게 탈피하고 통용될 수 있는 이론만을 수용했다. 따라서 기존 역학서의 아쉬운 부분들을 충족시키며 일반인도 열정만 있으면 누구나 자신의 운명을 감정하고 피흉취길할 수 있는 생활지침서로 활용할 수 있을 것이다.

신비한 동양철학 79 | 청월 박상의 편저 | 456면 | 19,000원 | 신국판

사주학의 활용법
가장 실질적인 역학서

우리가 생소한 지방을 여행할 때 제대로 된 지도가 있다면 편리하고 큰 도움이 되듯이 역학이란 이와같은 인생의 길잡이다. 예측불허의 인생을 살아가는데 올바른 안내자나 그 무엇이 있다면 그 이상 마음 든든하고 큰 재산은 없을 것이다.

신비한 동양철학 17 | 학선 류래웅 저 | 358면 | 15,000원 | 신국판

명리실무
명리학의 총 정리서

명리학(命理學)은 오랜 세월 많은 철인(哲人)들에 의하여 전승 발전되어 왔고, 지금도 수많은 사람이 임상과 연구에 임하고 있으며, 몇몇 대학에 학과도 개설되어 체계적인 교육을 하고 있다. 그러나 아직도 실무에서 활용할 수 있는 책이 부족한 상황이기 때문에 나름대로 현장에서 필요한 이론들을 정리해 보았다. 초학자는 물론 역학계에 종사하는 사람들에게 큰 도움이 될 것이라고 믿는다.

신비한 동양철학 94 | 박흥식 편저 | 920면 | 39,000원 | 신국판

사주 속으로
역학서의 고전들로 입증하며 쉽고 자세하게 푼 책
십 년 동안 역학계에 종사하면서 나름대로는 실전과 이론에서 최선을 다했다고 자부한다. 역학원의 비좁은 공간에서도 항상 후학을 생각하는 마음으로 역학에 대한 배움의 장을 마련하고자 노력한 것도 사실이다. 이 책을 역학으로 이름을 알리고 역학으로 생활하면서 조금이나마 역학계에 이바지할 것이 없을까라는 고민의 산물이라 생각해주기 바란다.
신비한 동양철학 95 │ 김상회 편저 │ 429면 │ 15,000원 │ 신국판

사주학의 방정식
알기 쉽게 풀어놓은 가장 실질적인 역서
이 책은 종전의 어려웠던 사주풀이의 응용과 한문을 쉬운 방법으로 터득하는데 목적을 두었고, 역학이 무엇인가를 알리고자 하는데 있다. 세인들은 역학자를 남의 운명이나 풀이하는 점쟁이로 알지만 잘못된 생각이다. 역학은 우주의 근본이며 기의 학문이기 때문에 역학을 이해하지 못하고서는 우리 인생살이 또한 정확하게 해석할 수 없는 고차원의 학문이다.
신비한 동양철학 18 │ 김용오 저 │ 192면 │ 16,000원 │ 신국판

오행상극설과 진화론
인간과 인생을 떠난 천리란 있을 수 없다
과학이 현대를 설정하여 설명하고 있으나 원리는 동양철학에도 있기에 그 양면을 밝히고자 노력했다. 우주에서 일어나는 모든 일을 과학으로 설명될 수는 없다. 비과학적이라고 하기보다는 과학이 따라오지 못한다고 설명하는 것이 더 솔직하고 옳은 표현일 것이다. 특히 과학분야에 종사하는 신의사가 저술했는데 더 큰 화제가 되고 있다.
신비한 동양철학 5 │ 김태진 저 │ 222면 │ 15,000원 │ 신국판

스스로 공부하게 하는 방법과 천부적 적성
내 아이를 성공시키고 싶은 부모들에게
자녀를 성공시키고 싶은 마음은 누구나 같겠지만 가난한 집 아이가 좋은 성적을 내기는 매우 어렵고, 원하는 학교에 들어가기도 어렵다. 그러나 실망하기에는 아직 이르다. 내 아이가 훌륭하게 성장해 아름답고 멋진 삶을 살아가는 방법을 소개한다.
신비한 동양철학 85 │ 청암 박재현 지음 │ 176면 │ 14,000원 │ 신국판

진짜부적 가짜부적
부적의 실체와 정확한 제작방법
인쇄부적에서 가짜부적에 이르기까지 많게는 몇백만원에 팔리고 있다는 보도를 종종 듣는다. 그러나 부적은 정확한 제작방법에 따라 자신의 용도에 맞게 스스로 만들어 사용하면 훨씬 더 좋은 효과를 얻을 수 있다. 이 책은 중국에서 정통부적을 연구한 국내유일의 동양오술학자가 밝힌 부적의 실체와 정확한 제작방법을 소개하고 있다.
신비한 동양철학 7 │ 오상익 저 │ 322면 │ 20,000원 │ 신국판

수명비결
주민등록번호 13자로 숙명의 정체를 밝힌다
우리는 지금 무수히 많은 숫자의 거미줄에 매달려 허우적거리며 살아가고 있다. 1분 ·1초가 생사를 가름하고, 1등·2등이 인생을 좌우하며, 1급·2급이 신분을 구분하는 세상이다. 이 책은 수명리학으로 13자의 주민등록번호로 명예, 재산, 건강, 수명, 애정, 자녀운 등을 미리 읽어본다.
신비한 동양철학 14 │ 장충한 저 │ 308면 │ 15,000원 │ 신국판

진짜궁합 가짜궁합
남녀궁합의 새로운 충격
중국에서 연구한 국내유일의 동양오술학자가 우리나라 역술가들의 궁합법이 잘못되었다는 것을 학술적으로 분석·비평하고, 전적과 사례연구를 통하여 궁합의 실체와 타당성을 분석했다. 합리적인 「자미두수궁합법」과 「남녀궁합」 및 출생시간을 몰라 궁합을 못보는 사람들을 위하여 「지문으로 보는 궁합법」 등을 공개하고 있다.
신비한 동양철학 8 │ 오상익 저 │ 414면 │ 15,000원 │ 신국판

주역육효 해설방법(상·하)
한 번만 읽으면 주역을 활용할 수 있는 책
이 책은 주역을 해설한 것으로, 될 수 있는 한 여러 가지 사설을 덧붙이지 않고, 주역을 공부하고 활용하는데 필요한 요건만을 기록했다. 따라서 주역의 근원이나 하도낙서, 음양오행에 대해서도 많은 설명을 자제했다. 다만 누구나 이 책을 한 번 읽어서 주역을 이해하고 활용할 수 있도록 하는데 중점을 두었다.
신비한 동양철학 38 │ 원공선사 저 │ 상 810면·하 798면 │ 각 29,000원 │ 신국판

쉽게 푼 주역
귀신도 탄복한다는 주역을 쉽고 재미있게 풀어놓은 책
주역이라는 말 한마디면 귀신도 기겁을 하고 놀라 자빠진다는데, 운수와 일진이 문제가 될까. 8×8=64괘라는 주역을 한 괘에 23개씩의 회답으로 해설하여 1472괘의 신비한 해답을 수록했다. 당신이 당면한 문제라면 무엇이든 해결할 수 있는 열쇠가 이 한 권의 책 속에 있다.
신비한 동양철학 10 │ 정도명 저 │ 284면 │ 16,000원 │ 신국판

나침반 │ 어디로 갈까요
주역의 기본원리를 통달할 수 있는 책
이 책에서는 기본괘와 변화와 기본괘가 어떤 괘로 변했을 경우 일어날 수 있는 내용들을 설명하여 주역의 변화에 대한 이해를 돕는데 주력하였다. 그러나 그런 내용을 구분할 수 있는 방법을 전부 다 설명할 수는 없기에 뒷장에 간단하게설명하였고, 다른 책들과 설명의 차이점도 기록하였으니 참작하여 본다면 조금이나마 도움이 될 것이다.
신비한 동양철학 67 │ 원공선사 편저 │ 800면 │ 39,000원 │ 신국판

완성 주역비결 │ 주역 토정비결
반쪽으로 전해오는 토정비결을 완전하게 해설
지금 시중에 나와 있는 토정비결에 대한 책들은 옛날부터 내려오는 완전한 비결이 아니라 반쪽의 책이다. 그러나 반쪽이라고 말하는 사람은 없다. 그것은 주역의 원리를 모르기 때문이다. 그래서 늦은 감이 없지 않으나 앞으로 수많은 세월을 생각해서 완전한 해설판을 내놓기로 했다.
신비한 동양철학 92 │ 원공선사 편저 │ 396면 │ 16,000원 │ 신국판

육효대전
정확한 해설과 다양한 활용법
동양고전 중에서도 가장 대표적인 것이 주역이다. 주역은 옛사람들이 자연을 거울삼아 생활을 영위해 나가는 처세에 관한 지혜를 무한히 내포하고, 피흉추길하는 얼과 슬기가 함축된 점서인 동시에 수양·과학서요 철학·종교서라고 할 수 있다.
신비한 동양철학 37 │ 도관 박흥식 편저 │ 608면 │ 26,000원 │ 신국판

육효점 정론
육효학의 정수
이 책은 주역의 원전소개와 상수역법의 꽃으로 발전한 경방학을 같이 실어 독자들의 호기심을 충족시키는데 중점을 두었습니다. 주역의 원전으로 인화의 처세술을 터득하고, 어떤 사안의 답은 육효법을 탐독하여 찾으시기 바랍니다.
신비한 동양철학 80 │ 효명 최인영 편역 │ 396면 │ 29,000원 │ 신국판

육효학 총론
육효학의 핵심만을 정확하고 알기 쉽게 정리
육효는 갑자기 문제가 생겨 난감한 경우에 명쾌한 답을 찾을 수 있는 학문이다. 그러나 시중에 나와 있는 책들이 대부분 원서를 그대로 번역해 놓은 것이라 전문가인 필자가 보기에도 지루하며 어렵다는 느낌이 들었다. 그래서 보다 쉽게 공부할 수 있도록 이 책을 출간하게 되었다.
신비한 동양철학 89 │ 김도희 편저 │ 174쪽 │ 26,000원 │ 신국판

기문둔갑 비급대성
기문의 정수
기문둔갑은 천문지리·인사명리·법술병법 등에 영험한 술수로 예로부터 은밀하게 특권층에만 전승되었다. 그러나 아쉽게도 기문을 공부하려는 이들에게 도움이 될만한 책이 거의 없다. 필자는 이 점이 안타까워 천견박식함을 돌아보지 않고 감히 책을 내게 되었다. 한 권에 기문학을 다 표현할 수는 없지만 이 책을 사다리 삼아 저 높은 경지로 올라간다면 제갈공명과 같은 지혜를 발휘할 수 있을 것이다.
신비한 동양철학 86 │ 도관 박흥식 편저 │ 725면 │ 39,000원 │ 신국판

기문둔갑옥경
가장 권위있고 우수한 학문
우리나라의 기문역사는 장구하나 상세한 문헌은 전무한 상태라 이 책을 발간하였다. 기문둔갑은 천문지리는 물론 인사명리 등 제반사에 관한 길흉을 판단함에 있어서 가장 우수한 학문이며 병법과 법술방면으로도 특징과 장점이 있다. 초학자는 포국편을 열심히 익혀 설국을 자유자재로 할 수 있도록 하고, 개인의 이익보다는 보국안민에 일조하기 바란다.
신비한 동양철학 32 │ 도관 박흥식 저 │ 674면 │ 46,000원 │ 사륙배판

오늘의 토정비결
일년 신수와 죽느냐 사느냐를 알려주는 예언서
역산비결은 일년신수를 보는 역학서이다. 당년의 신수만 본다는 것은 토정비결과 비슷하나 토정비결은 토정 선생께서 사람들에게 용기와 희망을 주기 위함이 목적이어서 다소 허황되고 과장된 부분이 많다. 그러나 역산비결은 재미로 보는 신수가 아니라, 죽느냐 사느냐를 알려주는 예언서이니 재미로 보는 토정비결과는 차원이 다르다.
신비한 동양철학 72 │ 역산 김찬동 편저 │ 304면 │ 16,000원 │ 신국판

國運 │ 나라의 운세
역으로 풀어본 우리나라의 운명과 방향
아무리 서구사상의 파고가 높다하기로 오천 년을 한결같이 가꾸며 살아온 백두의 혼이 와르르 무너지는 지경에 왔어도 누구 하나 입을 열어 말하는 사람이 없으니 답답하다. 불확실한 내일에 대한 해답을 이 책은 명쾌하게 제시하고 있다.
신비한 동양철학 22 │ 백우 김봉준 저 │ 290면 │ 16,000원 │ 신국판

남사고의 마지막 예언
이 책으로 격암유록에 대한 논란이 끝나기 바란다
감히 이 책을 21세기의 성경이라고 말한다. 〈격암유록〉은 섭리가 우리민족에게 준 위대한 복음서이며, 선물이며, 꿈이며, 인류의 희망이다. 이 책에서는 〈격암유록〉이 전하고자 하는 바를 주제별로 정리하여 문답식으로 풀어갔다. 이 책으로 〈격암유록〉에 대한 논란은 끝나기 바란다.
신비한 동양철학 29 │ 석정 박순용 저 │ 276면 │ 19,000원 │ 신국판

원토정비결
반쪽으로만 전해오는 토정비결의 완전한 해설판
지금 시중에 나와 있는 토정비결에 대한 책들을 보면 옛날부터 내려오는 완전한 비결이 아니라 반면의 책이다. 그러나 반면이라고 말하는 사람이 없다. 그것은 주역의 원리를 모르기 때문이다. 따라서 늦은 감이 없지 않으나 앞으로의 수많은 세월을 생각하면서 완전한 해설본을 내놓았다.
신비한 동양철학 53 │ 원공선사 저 │ 396면 │ 24,000원 │ 신국판 양장

나의 천운 │ 운세찾기
몽골정통 토정비결
이 책은 역학계의 대가 김봉준 선생이 몽골토정비결을 우리의 인습과 체질에 맞게 엮은 것이다. 운의 흐름을 알리고자 호운과 쇠운을 강조하고, 현재의 나를 조명하고 판단할 수 있도록 했다. 모쪼록 생활서나 안내서로 활용하기 바란다.
신비한 동양철학 12 │ 백우 김봉준 저 │ 308면 │ 11,000원 │ 신국판

역점 | 우리나라 전통 행운찾기
쉽게 쓴 64괘 역점 보는 법

주역이 점치는 책에만 불과했다면 벌써 그 존재가 없어졌을 것이다. 그러나 오랫동안 많은 학자가 연구를 계속해왔고, 그 속에서 자연과학과 형이상학적인 우주론과 인생론을 밝혀, 정치·경제·사회 등 여러 방면에서 인간의 생활에 응용해왔고, 삶의 지침서로써 그 역할을 했다. 이 책은 한 번만 읽으면 누구나 역점가가 될 수 있으니 생활에 도움이 되길 바란다.

신비한 동양철학 57 | 문명상 편저 | 382면 | 26,000원 | 신국판 양장

이렇게 하면 좋은 운이 온다
한 가정에 한 권씩 놓아두고 볼만한 책

좋은 운을 부르는 방법은 방위·색상·수리·년운·월운·날짜·시간·궁합·이름·직업·물건·보석·맛·과일·기운·마을·가축·성격 등을 정확하게 파악하여 자신에게 길한 것은 취하고 흉한 것은 피하면 된다. 이 책의 저자는 신학대학을 졸업하고 역학계에 입문했다는 특별한 이력을 갖고 있기 때문에 더 많은 화제가 되고 있다.

신비한 동양철학 27 | 역산 김찬동 저 | 434면 | 16,000원 | 신국판

운을 잡으세요 | 改運秘法
염력강화로 삶의 문제를 해결한다!

행복과 불행은 누가 주는 것이 아니라 자기 자신이 만든다고 할 수 있다. 한 마디로 말해 의지의 힘, 즉 염력이 운명을 바꾸는 것이다. 이 책에서는 이러한 염력을 강화시켜 삶에서 일어나는 문제를 해결하는 방법을 알려준다. 누구나 가벼운 마음으로 읽고 실천한다면 반드시 목적을 이룰 수 있을 것이다.

신비한 동양철학 76 | 역산 김찬동 편저 | 272면 | 10,000원 | 신국판

복을 부르는방법
나쁜 운을 좋은 운으로 바꾸는 비결

개운하는 방법은 여러 가지가 있으나, 이 책의 비법은 축원문을 독송하는 것이다. 독송이란 소리내 읽는다는 뜻이다. 사람의 말에는 기운이 있는데, 이 기운은 자신에게 돌아온다. 좋은 말을 하면 좋은 기운이 돌아오고, 나쁜 말을 하면 나쁜 기운이 돌아온다. 이 책은 누구나 어디서나 쉽게 비용을 들이지 않고 좋은 운을 부를 수 있는 방법을 실었다.

신비한 동양철학 69 | 역산 김찬동 편저 | 194면 | 11,000원 | 신국판

천직 | 사주팔자로 찾은 나의 직업
천직을 찾으면 역경없이 탄탄하게 성공할 수 있다

잘 되겠지 하는 막연한 생각으로 의욕만 갖고 도전하는 것과 나에게 맞는 직종은 무엇이고 때는 언제인가를 알고 도전하는 것은 근본적으로 다르고, 결과도 다르다. 만일 의욕만으로 팔자에도 없는 사업을 시작했다고 하자, 결과는 불을 보듯 뻔하다. 그러므로 이런 때일수록 침착과 냉정을 찾아 내 그릇부터 알고, 생활에 대처하는 지혜로움을 발휘해야 한다.

신비한 동양철학 34 | 백우 김봉준 저 | 376면 | 19,000원 | 신국판

운세십진법 | 本大路
운명을 알고 대처하는 것은 현대인의 지혜다

타고난 운명은 분명히 있다. 그러니 자신의 운명을 알고 대처한다면 비록 운명을 바꿀 수는 없지만 향상시킬 수 있다. 이것이 사주학을 알아야 하는 이유다. 이 책에서는 자신이 타고난 숙명과 앞으로 펼쳐질 운명행로를 찾을 수 있도록 운명의 기초를 초언하게 실명하고 있다.

신비한 동양철학 1 | 백우 김봉준 저 | 364면 | 16,000원 | 신국판

성명학 | 바로 이 이름
사주의 운기와 조화를 고려한 이름짓기

사람은 누구나 타고난 운명이 있다. 숙명인 사주팔자는 선천운이고, 성명은 후천운이 되는 것으로 이름을 지을 때는 타고난 운기와의 조화를 고려해야 한다. 따라서 역학에 대한 깊은 이해가 선행함은 지극히 당연하다. 부연하면 작명의 근본은 타고난 사주에 운기를 종합적으로 분석하여 부족한 점을 보강하고 결점을 개선한다는 큰 뜻이 있다고 할 수 있다.

신비한 동양철학 75 | 정담 선사 편저 | 488면 | 24,000원 | 신국판

작명 백과사전
36가지 이름짓는 방법과 선후천 역상법 수록
이름은 나를 대표하는 생명체이므로 몸은 세상을 떠날지라도 영원히 남는다. 성명운의 유도력은 후천적으로 가공 인수되는 후존적 수기로써 조성 운화되는 작용력이 있다. 선천수기의 운기력이 50%이면 후천수기도의 운기력도50%이다. 이와 같이 성명운의 작용은 운로에 불가결한조건일 뿐 아니라, 선천명운의 범위에서 기능을 충분히 할 수 있다.
신비한 동양철학 81 | 임삼업 편저 | 송충석 감수 | 730면 | 36,000원 | 사륙배판

작명해명
누구나 쉽게 활용할 수 있는 체계적인 작명법
일반적인 성명학으로는 알 수 없는 한자이름, 한글이름, 영문이름, 예명, 회사명, 상호, 상품명 등의 작명방법을 여러 사례를 들어 체계적으로 분석하여 누구나 쉽게 배워서 활용할 수 있도록 서술했다.
신비한 동양철학 26 | 도관 박흥식 저 | 518면 | 19,000원 | 신국판

역산성명학
이름은 제2의 자신이다
이름에는 각각 고유의 뜻과 기운이 있어 그 기운이 성격을 만들고 그 성격이 운명을 만든다. 나쁜 이름은 부르면 부를수록 불행을 부르고 좋은 이름은 부르면 부를수록 행복을 부른다. 만일 이름이 거지같다면 아무리 운세를 잘 만나도 밥을 좀더 많이 얻어 먹을 수 있을 뿐이다. 저자는 신학대학을 졸업하고 역학계에 입문한 특별한 이력으로 많은 화제가 된다.
신비한 동양철학 25 | 역산 김찬동 저 | 456면 | 26,000원 | 신국판

작명정론
이름으로 보는 역대 대통령이 나오는 이치
사주팔자가 네 기둥으로 세워진 집이라면 이름은 그 집을 대표하는 문패라고 할 수 있다. 따라서 이름을 지을 때는 사주의 격에 맞추어야 한다. 사주 그릇이 작은 사람이 원대한 뜻의 이름을 쓰면 감당하지 못할 시련을 자초하게 되고 오히려 이름값을 못할 수 있다. 즉 분수에 맞는 이름으로 작명해야 하기 때문에 사주의 올바른 분석이 필요하다.
신비한 동양철학 77 | 청월 박상의 편저 | 430면 | 19,000원 | 신국판

음파메세지 (氣)성명학
새로운 시대에 맞는 새로운 성명학
지금까지의 모든 성명학은 모순의 극치를 이룬다. 그러나 이제 새 시대에 맞는 음파메세지(氣) 성명학이 나왔으니 복을 계속 부르는 이름을 지어 사랑하는 자녀가 행복하고 아름다운 삶을 살아갈 수 있도록 하는데 도움이 되었으면 한다.
신비한 동양철학 51 | 청암 박재현 저 | 626면 | 39,000원 | 신국판 양장

아호연구
여러 가지 작호법과 실제 예 모음
필자는 오래 전부터 작명을 연구했다. 그러나 시중에 나와 있는 책에는 대부분 아호에 관해서는 전혀 언급하지 않았다. 그래서 아호에 관심이 있어도 자료를 구하지 못하는 분들을 위해 이 책을 내게 되었다. 아호를 짓는 것은 그리 대단하거나 복잡하지 않으니 이 책을 처음부터 끝까지 착실히 공부한다면 누구나 좋은 아호를 지어 쓸 수 있을 것이라고 생각한다.
신비한 동양철학 87 | 임삼업 편저 | 308면 | 26,000원 | 신국판

한글이미지 성명학
이름감정서
이 책은 본인의 이름은 물론 사랑하는 가족 그리고 가까운 친척이나 친구들의 이름까지도 좋은지 나쁜지 알아볼 수 있도록 지금까지 나와 있는 모든 성명학을 토대로 하여 썼다. 감언이설이나 협박성 감명에 흔들리지 않고 확실한 이름풀이를 볼 수 있을 것이다. 그리고 아름답고 멋진 삶을 살아갈 수 있는 이름을 짓는 방법도 상세하게 제시하였다.
신비한 동양철학 93 | 청암 박재현 지음 | 287면 | 10,000원 | 신국판

비법 작명기술
복과 성공을 함께 하려면
이 책은 성명의 발음오행이나 이름의 획수를 근간으로 하는 실제 이용이 가장 많은 기본 작명법을 서술하고, 주역의 괘상으로 풀어 길흉을 판단하는 역상법 5가지와 그외 중요한 작명법 5가지를 합하여 「보배로운 10가지 이름 짓는 방법」을 실었다. 특히 작명비법인 선후천역상법은 성명의 원획에 의존하는 작명법과 달리 정획과 곡획을 사용해 주역 상수학을 대표하는 하락이수를 쓰고, 육효가 들어가 응험률을 높였다.
신비한 동양철학 96 │ 임삼업 편저 │ 370면 │ 30,000원 │ 사륙배판

올바른 작명법
소중한 이름, 알고 짓자!
세상 부모들에게 가장 소중한 것이 뭐냐고 물으면 자녀라고 할 것이다. 그런데 왜 평생을 좌우할 이름을 함부로 짓는가. 이름이 얼마나 소중한지, 이름의 오행작용이 일생을 어떻게 좌우하는지 모르기 때문이다.
신비한 동양철학 61 │ 이정재 저 │ 352면 │ 19,000원 │ 신국판

호(雅號)책
아호 짓는 방법과 역대 유명인사의 아호, 인명용 한자 수록
필자는 오래 전부터 작명연구에 열중했으나 대부분의 작명책에는 아호에 관해서는 전혀 언급하지 않고, 간혹 거론했어도 몇 줄 정도의 뜻풀이에 불과하거나 일반작명법에 준한다는 암시만 풍기며 끝을 맺었다. 따라서 필자가 참고한 문헌도 적었음을 인정한다. 아호에 관심이 있어도 자료를 구하지 못하는 현실에 착안하여 필자 나름대로 각고 끝에 본서를 펴냈다.
신비한 동양철학 97 │ 임삼업 편저 │ 390면 │ 20,000원 │ 신국판

관상오행
한국인의 특성에 맞는 관상법
좋은 관상인 것 같아도 실제로는 나쁘거나 좋은 관상이 아닌데도 잘 사는 사람이 왕왕있어 관상법 연구에 흥미를 잃는 경우가 있다. 이것은 중국의 관상법만을 익히고 우리의 독특한 환경적인 특징을 소홀히 다루었기 때문이다. 이에 우리 한국인에게 알맞는 관상법을 연구하여 누구나 관상을 쉽게 알아보고 해석할 수 있도록 자세하게 풀어놓았다.
신비한 동양철학 20 │ 송파 정상기 저 │ 284면 │ 12,000원 │ 신국판

정본 관상과 손금
바로 알고 사람을 사귑시다
이 책은 관상과 손금은 인생을 행복하게 만든다는 관점에서 다루었다. 그야말로 관상과 손금의 혁명이라고 할 수 있다. 여러분도 관상과 손금을 통한 예지력으로 인생의 참주인이 되기 바란다. 용기를 불어넣어 주고 행복을 찾게 하는 것이 참다운 관상과 손금술이다. 이 책이 일상사에 고민하는 분들에게 해결방법을 제시해 줄 것이다.
신비한 동양철학 42 │ 지창룡 감수 │ 332면 │ 16,000원 │ 신국판

이런 사원이 좋습니다
사원선발 면접지침
사회가 다양해지면서 인력관리의 전문화와 인력수급이 기업주의 애로사항이 되었다. 필자는 그동안 많은 기업의 사원선발 면접시험에 참여했는데 기업주들이 모두 면접지침에 관한 책이 있으면 좋겠다는 것이다. 그래서 경험한 사례를 참작해 이 책을 내니 좋은 사원을 선발하는데 낡은 노움이 될 것이리고 믿는다.
신비한 동양철학 90 │ 정도명 지음 │ 274면 │ 19,000원 │ 신국판

핵심 관상과 손금
사람을 볼 줄 아는 안목과 지혜를 알려주는 책
오늘과 내일을 예측할 수 없을만큼 복잡하게 펼쳐지는 현실에서 살아남기 위해서는 사람을 볼줄 아는 안목과 지혜가 필요하다. 시중에 관상학에 대한 책들이 많이 나와있지만 너무 형이상학적이라 전문가도 이해하기 어렵다. 이 책에서는 누구라도 쉽게 보고 이해할 수 있도록 핵심만을 파악해서 설명했다.
신비한 동양철학 54 │ 백우 김봉준 저 │ 188면 │ 14,000원 │ 사륙판 양장

완벽 사주와 관상
우리의 삶과 관계 있는 사실적 관계로만 설명한 책
이 책은 우리의 삶과 관계 있는 사실적 관계로만 역을 설명하고, 역에 대한 관심과 흥미를 갖게 하고자 관상학을 추록했다. 여기에 추록된 관상학은 시중에서 흔하게 볼 수 있는 상법이 아니라 생활상법, 즉 삶의 지식과 상식을 드리고자 했다.
신비한 동양철학 55 | 김봉준·유오준 공저 | 530면 | 36,000원 | 신국판 양장

사람을 보는 지혜
관상학의 초보에서 실용까지
현자는 하늘이 준 명을 알고 있기에 부귀에 연연하지 않는다. 사람은 마음을 다스리는 심명이 있다. 마음의 명은 자신만이 소통하는 유일한 우주의 무형의 에너지이기 때문에 잠시도 잊으면 안된다. 관상학은 사람의 상으로 이런 마음을 살피는 학문이니 잘 이해하여 보다 나은 삶을 삶을 영위할 수 있도록 노력해야 한다.
신비한 동양철학 73 | 이부길 편저 | 510면 | 20,000원 | 신국판

한눈에 보는 손금
논리정연하며 바로미터적인 지침서
이 책은 수상학의 연원을 초월해서 동서합일의 이론으로 집필했다. 그야말로 논리정연한 수상학을 정리하였다. 그래서 운명적, 철학적, 동양적, 심리학적인 면을 예증과 방편에 이르기까지 상세하게 기술했다. 이 책은 수상학이라기 보다 바로미터적인 지침서 역할을 해줄 것이다. 독자 여러분의 꾸준한 연구와 더불어 인생성공의 지침서가 될 수 있을 것이다.
신비한 동양철학 52 | 정도명 저 | 432면 | 24,000원 | 신국판 양장

이런 집에 살아야 잘 풀린다
운이 트이는 좋은 집 알아보는 비결
한마디로 운이 트이는 집을 갖고 싶은 것은 모두의 꿈일 것이다. 50평이니 60평이니 하며 평수에 구애받지 않고 가족이 평온하게 생활할 수 있고 나날이 발전할 수 있는 그런 집이 있다면 얼마나 좋을까? 그런 소망에 한 걸음이라도 가까워지려면 막연하게 운만 기대하고 있어서는 안 된다. 좋은 집을 가지려면 그만한 노력이 있어야 한다.
신비한 동양철학 64 | 강현술·박흥식 감수 | 270면 | 16,000원 | 신국판

점포, 이렇게 하면 부자됩니다
부자되는 점포, 보는 방법과 만드는 방법
사업의 성공과 실패는 어떤 사업장에서 어떤 품목으로 어떤 사람들과 거래하느냐에 따라 판가름난다. 그리고 사업을 성공시키려면 반드시 몇 가지 문제를 살펴야 하는데 무작정 사업을 시작하여 실패하는 사람들이 많다. 그래서 이 책에서는 이러한 문제와 방법들을 조목조목 기술하여 누구나 성공하도록 도움을 주는데 주력하였다.
신비한 동양철학 88 | 김도희 편저 | 177면 | 26,000원 | 신국판

쉽게 푼 풍수
현장에서 활용하는 풍수지리법
산도는 매우 광범위하고, 현장에서 알아보기 힘들다. 더구나 지금은 수목이 울창해 소조산 정상에 올라가도 나무에 가려 국세를 파악하는데 애를 먹는다. 따라서 사진을 첨부하니 많은 활용을 바란다. 물론 결록에 있고 산도가 눈에 익은 것은 혈 사진과 함께 소개하였다. 이 책을 열심히 정독하면서 답산하면 혈을 알아보고 용산도 할 수 있을 것이다.
신비한 동양철학 60 | 전항수·주장관 편저 | 378면 | 26,000원 | 신국판

음택양택
현세의 운·내세의 운
이 책에서는 음양택명당의 조건이나 기타 여러 가지를 설명하여 산 자와 죽은 자의 행복한 집을 만들 수 있도록 했다. 특히 죽은 자의 집인 음택명당은 자리를 옳게 잡으면 꾸준히 생기를 발하여 흥하나, 그렇지 않으면 큰 피해를 당하니 돈보다도 행·불행의 근원인 음양택명당에 관심을 기울여야 한다.
신비한 동양철학 63 | 전항수·주장관 지음 | 392면 | 29,000원 | 신국판

용의 혈 | 풍수지리 실기 100선
실전에서 실감나게 적용하는 풍수의 길잡이

이 책은 풍수지리 문헌인 만두산법서, 명산론, 금랑경 등을 이해하기 쉽도록 주제별로 간추려 설명했으며, 풍수지리학을 쉽게 접근하여 공부하고, 실전에 활용하여 실감나게 적용할 수 있도록 하는데 역점을 두었다.

신비한 동양철학 30 | 호산 윤재우 저 | 534면 | 29,000원 | 신국판

현장 지리풍수
현장감을 살린 지리풍수법

풍수를 업으로 삼는 사람들이 진가를 분별할 줄 모르면서 많은 법을 알았다고 자부하며 뽐낸다. 그리고는 재물에 눈이 어두워 불길한 산을 길하다 하고, 선하지 못한 물을 선한다 한다. 이는 분수 밖의 것을 바라기 때문이다. 마음가짐을 바로 하고 고대 원전에 공력을 바치면서 산간을 실사하며 적공을 쏟으면 정교롭고 세밀한 경지를 얻을 수 있을 것이다.

신비한 동양철학 48 | 전항수·주관장 편저 | 434면 | 36,000원 | 신국판 양장

찾기 쉬운 명당
실전에서 활용할 수 있는 책

가능하면 쉽게 풀어 실전에 도움이 되도록 했다. 특히 풍수지리에서 방향측정에 필수인 패철 사용과 나경 9층을 각 층별로 설명했다. 그리고 이 책에 수록된 도설, 즉 오성도, 명산도, 명당 형세도 내거수 명당도, 지각형세도, 용의 과협출맥도, 사대혈형와겸유돌 형세도 등은 국립중앙도서관에 소장된 문헌자료인 만산도단, 만산영도, 이석당 은민산도의 원본을 참조했다.

신비한 동양철학 44 | 호산 윤재우 저 | 386면 | 19,000원 | 신국판 양장

해몽정본
꿈의 모든 것

시중에 꿈해몽에 관한 책은 많지만 막상 내가 꾼 꿈을 해몽을 하려고 하면 어디다 대입시켜야 할지 모르는 경우가 많았을 것이다. 그러나 최대한으로 많은 예를 들었고, 찾기 쉽고 명료하게 만들었기 때문에 해몽을 하는데 어려움이 없을 것이다. 한집에 한권씩 두고 보면서 나쁜 꿈은 예방하고 좋은 꿈을 좋은 일로 연결시킨다면 생활에 많은 도움이 될 것이다.

신비한 동양철학 36 | 청암 박재현 저 | 766면 | 19,000원 | 신국판

해몽 | 해몽법
해몽법을 알기 쉽게 설명한 책

인생은 꿈이 예지한 시간적 한계에서 점점 소멸되어 가는 현존물이기 때문에 반드시 꿈의 뜻을 따라야 한다. 이것은 꿈을 먹고 살아가는 인간 즉 태몽의 끝장면인 죽음을 향해 달려가고 있는 인간이기 때문이다. 꿈은 우리의 삶을 이끌어가는 이정표와도 같기에 똑바로 가도록 노력해야 한다.

신비한 동양철학 50 | 김종일 저 | 552면 | 26,000원 | 신국판 양장

명리용어와 시결음미
명리학의 어려운 용어와 숙어를 쉽게 풀이한 책

명리학을 연구하는 이들은 기초공부가 끝나면 자연스럽게 훌륭하다고 평가하는 고전의 이론을 접하게 된다. 그러나 시결과 용어와 숙어는 어려운 한자로만 되어 있어 대다수가 선뜻 탐독과 음미에 취미를 잃는다. 그래서 누구나 어려움 없이 쉽게 읽고 깊이 있게 음미할 수 있도록 원문에 한글로 발음을 달고 어려운 용어와 숙어에 해석을 달아 이 책을 내게 되었다.

신비한 동양철학 103 | 원가 김구현 편저 | 300면 | 25,000원 | 신국판

완벽 만세력
착각하기 쉬운 서머타임 2도 인쇄

시중에 많은 종류의 만세력이 나와있지만 이 책은 단순한 만세력이 아니라 완벽한 만세경전으로 만세력 보는 법 등을 실었기 때문에 처음 대하는 사람이라도 쉽게 볼 수 있도록 편집되었다. 또한 부록편에는 사주명리학, 신살종합해설, 결혼과 이사택일 및 이사방향, 길흉보는 법, 우주천기와 한국의 역사 등을 수록했다.

신비한 동양철학 99 | 백우 김봉준 저 | 316면 | 24,000원 | 사륙배판

관상오행

1판 1쇄 발행일 ｜ 1996년 11월 25일
1판 3쇄 발행일 ｜ 2017년 6월 6일

발행처 ｜ 삼한출판사
발행인 ｜ 김충호
지은이 ｜ 정상기

신고년월일 ｜ 1975년 10월 18일
신고번호 ｜ 제305-1975-000001호

10354 경기도 고양시 일산서구 고양대로 724-17호
    (304동 2001호)

대표전화 (031) 921-0441
팩시밀리 (031) 925-2647

값 26,000원
ISBN 978-89-7460-045-7 03800